La Fille du van

Ludovic Ninet

La Fille du van

© 2022 Ludovic Ninet

Édition : BoD – Books on Demand, info@bod.fr

Impression : BoD – Books on Demand,

In de Tarpen 42, Norderstedt (Allemagne)

Impression à la demande

ISBN : 978-2-3224-3696-5

Dépôt légal : juin 2022

1

Les mains dans les poulets, les yeux sur la fille.
Et les mains moites.
Pierre s'essuie sur son tablier et tente de revenir à la cliente qui en a commandé deux, bien dorés, mais ses yeux sont aimantés par cette chevelure rousse qui flambe sous la bruine, au milieu des voitures, cette fille une pancarte pendue au cou, qui mendie et qui peste, en treillis et rangers, une punk, une paumée ? Un animal nocturne en plein jour, angoissé et sans repères. Pourquoi la regardes-tu avec autant d'insistance, Pierre ?
Elle est jeune.
Elle invective les passants qui l'ignorent.
Le pas hésitant entre les chariots pleins qui sortent du supermarché. Elle est peut-être ivre. Droguée. Ou juste fragile.
Elle est belle. Pas grande, mais bien campée sur ses jambes, elle illumine ce début d'été si gris. Rousse carotte. L'air triste, c'est vrai. Comme morte, un peu. Belle gueule mais gueule cassée.
Elle se débat.
– Vos poulets, madame.
Oui, on dirait qu'elle veut survivre. À quoi sent-il cela, Pierre ? Une intuition, une énergie, sinon elle ne serait pas là.
Il voudrait sortir du camion, l'approcher, entrer en contact, avec son regard, avec sa peau, voir si elle est réelle ; mais tu as cinquante balais, Pierre, c'est une gamine.
Il tend le ticket, la cliente fouille son porte-monnaie. Sous le auvent, la queue s'est allongée, c'est midi ou pas loin, un samedi, il y en a encore pour une bonne heure, toutes les rôtissoires sont chargées, ça cuit, ça dore, ça fume et ça rissole.

Azzedine, le commis, court, Pierre sue malgré la grisaille. Il s'enfuirait bien.

Là-bas, la fille vient de plaisanter avec un jeune type. En tout cas elle a souri et Pierre voudrait être celui qui vient de lui donner ce sourire. Tout en rangeant le billet et les pièces dans la caisse, il s'imagine devant elle.

Rajeunir.

Tout recommencer.

Il s'imagine revivre sa jeunesse en se connaissant comme il se connaît aujourd'hui pour prendre les bons aiguillages. Trop d'impasses, putain, trop de culs-de-sac, de luttes et ce passé encombrant, qui écrase tout. Avec elle... Merde, il l'a perdue.

Où est-elle passée ?

Le client suivant s'est avancé. Il demande une belle pièce pour un appétit... olympique et cligne de l'œil, exagérément. Pierre est obligé de lui rendre son sourire. Heureusement, ils sont rares à savoir. Ça remonte à loin. Et pourtant ces années collent, la preuve.

Il attrape un poulet, ajoute quelques pommes de terre, du jus.

Quand il se retourne, la fille est apparue dans la file d'attente, sa file d'attente – piqûre d'adrénaline.

Une poupée de porcelaine animée. Avec une belle gueule de bois ou une nuit blanche dans les pattes qui la chiffonne.

Elle ne porte plus sa pancarte. Les mains dans les poches de son sweatshirt aux épaules mouillées par la pluie, elle jette des regards inquiets, à droite, à gauche, derrière, sur le qui-vive, passe sur Pierre, à peine, l'effleure. Lui se sent observé, gauche, rougir, paralysé. Tout sauf naturel.

Puis vient son tour. Elle demande avec ça, j'ai droit à quoi ? Elle a déversé une poignée de petites pièces dans la coupelle, tous ces centimes doivent bien faire quelques euros.

– Ce que vous voulez, répond Pierre, les mains très moites et la voix qui déraille.

Elle, l'air de le prendre pour un fou.

– Ce que vous voulez, répète Pierre. Je vous assure.

Derrière lui, les poulets rôtissent en tournoyant. Les voitures, coffre rempli, vont, viennent sur le parking dans le bruit humide des pneus dans les flaques, les clients semblent subjugués par les volailles ruisselantes. Pierre sourit pour marquer sa bienveillance. Mais la honte a envahi le beau visage. La fille se planque derrière ses longs cheveux, renifle, regarde par terre, puis les autres clients, gênée, revient à Pierre.

– Vous inquiétez pas, insiste-t-il.

Et il lui tend un poulet entier, dans son sac en papier.

Elle l'accepte. Un sourire qui ne dure pas la transforme, elle murmure un merci appuyé – la poupée de porcelaine est maquillée de taches de rousseur et n'a pas l'accent du coin.

Elle s'éloigne.

Pierre la suivrait bien.

Mais il y a les clients, et la raison. La recette à assurer, le stock, la marge, tu ferais mieux de lui courir après, Pierre, alors cours, qu'attends-tu, cours.

Il ne court pas.

2

Sonja n'a pas attendu longtemps avant de se ruer sur le poulet. La portière a grincé, elle s'est assise sur le skaï éventré, le souffle court, elle a déchiré le papier. Et ses mains se sont mises à dépiauter la volaille, piquant, arrachant, étripant, pour s'empresser de porter à la bouche les morceaux de viande et de peau encore brûlants. Les propriétaires des voitures qui l'entourent l'observent, ahuris. Elle ressemble à une bête, et alors ? Elle dépiaute, mâche, avale, avale parfois presque tout rond, fixant le balai de ses doigts sur la carcasse, c'est bon, gras, juteux, chaud, la faim la torturait depuis deux jours. Elle a claqué ses derniers euros pour le gasoil et les médicaments. Elle avait bien quelques bières dans le coffre et une ou deux barres de céréales pour tenir, mais c'était maigre comme ration de survie.

Elle voulait arriver là. Pas sur ce parking. Là, à côté de l'étang. Ça avait été comme un appel et elle avait sacrifié son estomac.

Sonja saisit le rouleau de sopalin pour se débarbouiller. Ses mains, les lèvres et le menton luisent. La passagère d'un véhicule qui sort de son emplacement, une femme propre, la dévisage, avec un dégoût non dissimulé.

– Tu veux ma photo ? éclate Sonja, majeur tendu.

La femme se recule.

Sur la banquette arrière, sanglé dans son rehausseur, un enfant lui sourit, Sonja détourne le regard. Elle préfère replier le papier gras, qu'elle fourre dans un sac poubelle. Puis elle se redresse, soupire. Elle est repue à en avoir la nausée, mais elle est satisfaite. Elle peut facilement tenir vingt-quatre heures de plus, quel luxe.

Elle jette la pancarte dans le foutoir, à l'arrière, et démarre. Elle a trouvé un lieu pour stationner son van, sur la rive, dans un village à quelques kilomètres.

Face à l'eau, depuis des heures, elle contemple les gouttes piqueter la surface de l'étang et se demande comment l'eau salée et l'eau douce parviennent à fusionner. Les mêmes gouttes s'écrasent sur le toit du Combi et font résonner la tôle, transforment le terre-plein où elle s'est garée en terrain boueux, glissent sur le pare-brise, inondé, qui lui donne par instants l'impression de se tenir derrière le hublot d'un sous-marin. Le rideau de pluie lui cache Sète et la Méditerranée. Pas grave. Elle a bouffé de la sécheresse à en suffoquer pendant des mois, l'humidité c'est bien aussi.
Les deux Lexos l'ont anesthésiée.
Avant d'avaler les comprimés, Sonja s'est changée. Elle a rangé, bien au fond, son costume qui n'apitoie personne ; en France, la guerre n'existe pas. Puis elle a fouillé une nouvelle fois le van à la recherche d'une cachette où elle aurait pu oublier quelques billets. Rien, à part trois épluchures de peau d'orange séchées, des miettes de chips et des cadavres de bouteilles. Assise de nouveau au volant, devant le paysage détrempé, elle a ouvert une bière et la petite boîte de Lexomil, celle qu'elle range dans le cendrier. Elle a pris sa dose.

Et maintenant, elle attend. Quoi, exactement ? D'être reprise demain par la même urgence de se trouver à manger, c'est devenu le sens de son existence. L'instinct de survie, rien d'autre. Le règne animal – quelle misère. Ses yeux pleurent, en réponse à l'eau qui dégouline sans fin sur le pare-brise. Elle ne leur a rien demandé.
Cette cavale a commencé un jour.
Le pécule a fondu.

Elle ne sait plus pourquoi elle tient.

Mais elle tient.

Elle croyait s'éloigner de son passé, ses pas l'ont ramenée sur les berges de son enfance.

Ici, aujourd'hui, un type au regard pur l'a nourrie. Elle revoit ce sourire timide, les joues roses. Ses yeux. Deux billes bleues.

Elle ouvre la deuxième canette, la vide et puis s'endort, abrutie.

Une fusillade la réveille.

Elle sursaute, ça tire, ça canarde, elle cille pour émerger et déjà sa bouche colle, c'est la nuit, Sonja, comme toujours les insurgés attaquent la nuit. Elle cherche les balles traçantes mais n'en voit aucune, craint les impacts de roquettes, retient son souffle, d'où tirent-ils, ces ordures ? Nouvelle rafale. Elle plaque les mains sur ses oreilles, va pour s'allonger sur la banquette ou, mieux, se blottir contre les pédales. Mais elle entend des rires. Pas des cris, des rires, des rires d'enfants. Elle se redresse, risque un regard circulaire. Jamais des enfants ne riaient pendant que ça tirait.

Il ne pleut plus. Elle reconnaît l'étang de Thau. Elle aperçoit, au bord de l'eau, un groupe de jeunes adolescents qui font exploser des pétards. On est samedi soir.

Quelle conne.

Elle se gifle. Quelle conne tu fais, répète-t-elle, elle tremble encore, ne se pardonne plus, ne se supporte plus.

Nouvelle explosion, elle tressaille.

Si craintive, tu ne t'en remettras jamais.

Elle se rassoit pour se calmer, cherche de l'eau, constate qu'il est près de minuit. Elle a comaté cinq heures, avachie contre la vitre. Elle transpire. Halète. La nuit va être longue, les souvenirs et les cauchemars vont émerger, des cris parfois. Elle ouvre la portière et décide de marcher sous le ciel dégagé. Voir les étoiles, la voie lactée et ses cheveux d'ange. Un peu d'air marin, quelques embruns. Ensuite, elle reviendra se coucher. Elle tirera les rideaux, poussera les sacs et les caisses pour dérouler son duvet. Et si le sommeil ne vient pas, il lui restera toujours le Rohypnol.

3

Ce matin, quand elle lève les yeux de sa lecture, Sabine aperçoit par la porte de sa chambre le ciel rosé et lumineux inonder son salon. L'aube vaporeuse s'est dissipée. Il fait clair, le soleil va cogner, l'été semble enfin là. Elle a peu dormi, le cendrier déborde. D'une mèche de ses cheveux châtains qui sentent le tabac, elle se chatouille les lèvres et le nez, les yeux perdus sur *La Valse des Toréadors* de Jean Anouilh, souvenir d'une ambition inassouvie, enfouie, depuis, dans ses lectures nocturnes.

Elle se déplie, grande et plutôt maigre. Bouscule les deux autres livres qu'elle a feuilletés pendant la nuit, sa chemise, une chemise d'homme trop large, bâille. Sur la terrasse, elle va sentir l'air tiède glisser sur ses cuisses avant de s'engouffrer sous le tissu pour la caresser tout entière. Puis, habillée à la hâte, elle se rendra au marché. Un nouveau dimanche.

Sabine aime cette piqûre de vie éphémère et gueularde. Se confronter au petit monde qui gesticule, hors du temps, et braille ses bonnes affaires, brade ses cageots d'abricots ou de melons, la peau burinée et les mains, ongles noircis, fourrant à la va-vite quelques billets fripés dans la poche d'un tablier crasseux, les pieds dans les épluchures de chou ou les entrailles de poisson. Puis elle reprend ses distances, à travers les ruelles, pour retrouver l'eau et la paix. Elle aime finir son tour en longeant l'étang assoupi, fendu par le bras d'un nageur matinal.

Le soleil commence à chauffer. Un volet grince, le cri d'un goéland crève le silence.

Sabine s'est arrêtée. Un sachet de crevettes roses à la main, elle distingue très bien cette cambrure, là, devant elle, à quelques mètres, qui s'étire, à la tombée d'une longue chevelure rousse, en surplomb d'un short en jean, arrondi, court, tendu sur des fesses fermes et hautes ; oui, forcément, quand on voit de telles jambes, les fesses sont hautes et fermes.

De dos, la créature la subjugue, plantée dans le sable, les bras aériens, la peau blanche qui dit les taches de rousseur sur les pommettes et le nez, les aréoles roses.

Sabine s'avance, le pas léger. Le silence peut lui permettre de profiter un instant encore de cette vue de rêve et de jouir, par imagination. Quels yeux, quelles lèvres dessinent le visage qu'elle cherche à deviner. Jamais un corps ne l'a ainsi électrisée.

Le goéland crie à nouveau. La créature se fige.

Sabine en suspens.

Et comme au ralenti, alors que la chevelure rousse opère un demi-tour, Sabine pressent, entrevoit puis goûte dans toute sa rondeur, lourde mais droite comme une offrande, la poitrine opulente ; et déjà le visage lui fait face, en partie masqué par une mèche ondulée. Il est beau, triste, si beau, quel est ce voile qui assombrit le regard, empêche le sourire, elle, elle sourit. Elle sourit. C'est peu comparé au tremblement qui la gagne, l'adrénaline sans doute, l'envie de parler, d'initier un échange pour que le face à face perdure.

Et la belle s'allume. Si, Sabine l'a vu. Un demi-sourire, furtif, a éclairé le visage. Alors elle ose. Le bonjour hésitant, la conversation banale, le vous, qui devient tu, les réponses brèves, les silences, elle multiplie les questions, il faut que l'instant dure. De loin, elle l'avait crue plus grande. De près, elle ne se sent plus à la hauteur, imagine le regard de l'autre sur ses cernes, son pantalon informe, elle doit sentir le tabac, même si elle ne fume jamais le dimanche matin, c'est inévitable après sa nuit, le goudron, la nicotine font partie d'elle, son tee-shirt, informe lui aussi, elle préfère, on dirait que les gens la voient moins, son tee-shirt doit sentir. Et ses cheveux. Heureusement, il y a l'iode, les algues et le sable. Et cette beauté vivifiante qui la chamboule.

Elle offre le petit déjeuner. Chez elle, j'ai une terrasse. Sonja, c'est ainsi que se prénomme la déesse, sourit. Hésite, balbutie, merde, elle est allée trop vite, Sabine, c'est toujours son problème, elle fonce parce que ça pétille, elle va la faire fuir.

La déesse murmure, à peine audible, les yeux dans le sable.

Elle a dit oui.

4

L'appartement lui plaît. Les tentures aux murs, vives et colorées, rappellent à Sonja un Kaboul qu'elle n'a vu qu'en photo, une fois rentrée. Rien à voir avec le tas de cendres qu'elle traversait. Elle s'avance, l'impression bizarre de visiter sa propre maison ; pas de doute, si elle avait habité seule, son appartement aurait ressemblé à celui-ci. Clair, ouvert sur de grandes portes-fenêtres, peu meublé, des livres partout, rangés en pile, en tas. Elle s'y sent bien. Se voit même bouquinant sur le tapis, se rêve, tiens, dans Mèze et ses ruelles fleuries, qu'elle domine depuis la terrasse. À gauche les parcs à huîtres de Bouzigues sont autant de boîtes de sardines étincelantes sous le soleil, Sète, en face, scintille au pied du mont Saint-Clair, le bleu infini de la Méditerranée au loin et, juste sous son nez, son étang. Le territoire de son enfance. Un paysage ami – ce pour quoi elle est venue. Elle soupire. Elle erre depuis des mois.

Elle se retourne. Les yeux sombres de Sabine la sondent. Deux fosses marines en ébullition, légèrement insistantes, peut-être. Et Sabine répète :

– Alors, raconte. Qu'est-ce que tu viens faire par ici ?

Le regard de Sonja se perd. Elle pourrait répondre, c'est ma dernière chance, ce serait le plus proche de la vérité, mais elle se retient et dit juste, le hasard. Elle a forcé son sourire. Elle ajoute, besoin de changement, de me mettre en danger, comme si l'expérience était maîtrisée, alors j'ai pris la route et j'avance. De petits boulots en missions d'intérim, quand elle en trouve, quand on l'accepte, à l'usine, en centrale nucléaire, en grande surface. C'est l'aventure, c'est cool. Ça sonne faux. En réalité, elle constate, là, à se déballer dans un cadre qui lui fait miroiter une vie qu'elle pourrait aimer, une vie qui aurait pu être la sienne, elle constate l'absurdité de son existence. Travailler, se coucher et recommencer, toucher sa paye puis reprendre la route, sans jamais se poser. Mendier quand elle n'a plus un rond. Et tout ça pour quoi, Sonja ? Mais elle parle, se déverse, ne dit pas tout, non, pas tout, déjà elle s'abandonne, elle qui ne communiquait plus, c'est à peine croyable. Et bon comme le goût des crevettes. Ce matin, elle revient à la vie – il y aurait des raisons. La chaleur des tomettes sous ses pieds, l'odeur de la brique qui chauffe, le parfum nacré des jasmins en fleurs ou les cris des gabians, oui, c'est vrai, on dit gabian ici, pas goéland, tout la réveille et ce tout obstrue pour quelques instants au moins – mais ça pourrait durer, ça finira bien par durer – la rumeur poussiéreuse de la métropole, l'atmosphère aride, saturée de gaz d'échappement et les coups de klaxon qui se mélangent aux appels à la prière.

– Tu cherches du taf ?

La voix rauque de Sabine la tire de sa rêverie.

– Parce qu'ils embauchent au supermarché dans lequel je bosse. Manutention. Ça fait pas rêver mais il y a un salaire à prendre. C'est toujours mieux que rien. Qu'est-ce que tu sais faire sinon ? Tu as un métier ?

Sonja hausse les épaules.

– La manutention, ça va, répond-elle.

– Alors tu viendras avec moi demain. Je te présenterai.

Sonja se verrait plutôt sur l'eau. Après avoir navigué avec son grand-père, sur l'étang ou en pleine mer, une fois le bateau amarré sur le canal royal face au Grand Hôtel, elle remontait les rues de Sète, saluait les vieilles femmes aux fenêtres, une télévision répondant à une radio, elle avait le pas flottant de la houle, légère comme une gamine qui joue encore avec la vie et rit en pensant à la sortie du lendemain...

– Tu veux prendre une douche ?

Paf, retour sur terre.

Mais d'abord, la douche est bonne – aussi bonne qu'au retour de mission. Les minutes passent, l'eau coule, brûle, anesthésiante, et chasse en douceur la crasse et les pensées. Puis Sonja ouvre les yeux. Elle cligne. S'habitue à la vapeur et regarde autour d'elle, cet intérieur.

Cette salle de bains n'est pas la sienne.
Cet appartement n'est pas le sien.
Cette ville n'est pas la sienne.
Cette vie... La féerie s'envole.

Garce, elle va, vient, mais jamais ne prend racine, comme pour mieux lui faire sentir qu'elle est à côté, définitivement ; ce matin, pourtant, l'aspiration était puissante – hein Sonja, tu y as cru ?

Elle s'effondre, les fesses et le dos sur la faïence. Elle n'y arrivera pas. Même ici. Comment recoller les morceaux ? Tous les morceaux. Quelques larmes lui échappent et se mélangent à l'eau qui s'enfuit par la bonde pour finir dans les égouts – comme ta vie, Sonja, tu vois, puis elle tape des pieds et des mains. Elle bégaye des mots durs, dit putain, putain, le répète et saisit un savon. La puanteur la rattrape. Alors elle frotte, fort. Et frotte encore, sa frénésie la secoue, comme un remède pour faire peau neuve – essayer de faire peau neuve. Si ça n'a pas marché hier, ou avant-hier, aujourd'hui peut-être. Pour cela, il faut recouvrir l'odeur d'iode médical et celle des tissus putréfiés. Recouvrir toute cette merde que tu as crue ensevelie, Sonja. Mais c'est trop tard. Elle a beau frotter, insister sur son visage, la bouche, le nez, pour que la lavande envahisse ses narines, qu'elle réveille d'autres souvenirs, l'image est là, une parmi toutes celles que son cerveau a enregistrées et lui ressert avec une cruauté métronomique. Ce matin, il a choisi l'Américain couleur cire, avec son air surpris, le trou à l'arrière du crâne, son premier mort, à Sonja, à genoux même dans son sac à viande froide, rigidifié légèrement tordu cramponné à son arme, ses bras et ses jambes à déplier maintenant, il faut supporter les craquements, ces craquements qui ne ressemblent à aucun autre craquement, pas du bois, ni du plâtre, ni du plastique, une articulation métallique rouillée dans une gangue de caoutchouc devenue solide, comme prise par le froid, c'est à ça qu'elle avait pensé en dépliant ce truc, un *Big Jim* à taille humaine, il avait avalé le canon de son fusil et tiré.

Il en était venu à la conclusion que.

Il n'y avait aucun sens à leur action, aucun sens à se bousiller si loin de chez soi.

Elle jette le savon.

Se lève et se précipite pleine de mousse au-dessus du lavabo, trempant le tapis de bain, pour réprimer un haut-le-cœur. À l'époque, elle s'était mise en colère contre ce type qui avait préféré les abandonner plutôt que rester uni, une famille face à la menace terroriste, le traître, le faible, on lutte pour la démocratie et pour le droit des femmes, ici. Pauvre fille.

Elle frissonne. Se revoit hésitante, les doigts à quelques centimètres de la poche d'où dépassait le portefeuille contenant des photos – voir à quoi, vivant, il ressemblait. Elle avait regardé, elle n'aurait pas dû, le contraste, ce fut la première et la dernière fois.

L'eau crépite sur le bac de douche vide. Elle met la main sur le tube de Lexomil, dans la poche de son short. Oubliés les crevettes, l'étang et le soleil, au robinet, elle avale deux comprimés puis cherche son reflet dans le miroir embué. Elle s'aperçoit entière.

Contrairement à d'autres, toi, tu es revenue – physiquement – intègre. Chanceuse, combien as-tu vu de troncs sans membres, de membres sans tronc, de crânes béants ? Cela devrait te suffire.

Mais ça ne lui suffit pas.

Elle grelotte, nue et mouillée, la chair de poule. Elle n'a pas pris de vraie douche depuis dix jours, alors elle y retourne, le Lexomil va bientôt faire effet.

Sur la terrasse, Sabine, elle, tire sur sa cigarette. Il n'est pas encore midi, mais elle s'en fout. Elle imagine les gouttes perler sur le corps ruisselant de Sonja, suivre les courbes, se perdre dans les plis, les poils. Elle sent la peau, elle l'a sentie quand elles montaient les escaliers, ce miel teinté de sueur. Elle ne l'a pas touchée mais cette gamine la rend déjà dingue. Plus elles sont paumées, plus elle plonge, ça a toujours été. Celle-là est en perdition. Elle allume une deuxième clope, s'assoit. Ne tient pas, se relève. Rentre dans l'appartement, entend l'eau couler, s'arrête. Ressort. L'envie à ce point, c'est intenable.

Quand Sonja apparaît, cheveux encore mouillés, Sabine voit. La belle est rentrée dans sa coquille, elle va s'éclipser. Elle a mal pour elle. Elle voudrait l'aider, lui dire reste, je vais t'aider, je veux tellement t'aider. C'est inutile, elle le sait. Elle va griller son paquet de cigarettes, se bouffer les ongles, allumer la télé, ne pas la regarder, commencer deux bouquins, les abandonner, oublier de manger, elle ne va penser qu'à demain, 9 heures, le rendez-vous qu'elles se sont fixé.

Devant la porte ouverte sur les escaliers, Sonja fait un drôle de geste, sa main effleure la joue de Sabine. Elle souffle merci. Puis disparaît.

Elle a retraversé Mèze. La voilà au bord de l'eau, à côté de son van, il est temps de s'abrutir pour bien finir la journée. De la caisse alimentaire elle sort deux canettes de 1664 et décapsule la première. Pose le regard sur le lecteur de DVD portable, boit une première gorgée. Hésite. Referme le coffre et se dirige vers la plage. Bière-Lexomil, la recette est éprouvée, la sieste assurée sur le sable tiède. On est dimanche, les familles profitent des premiers jours de l'été, enfants braillards, papa joueur, madame dans son magazine. Et puis papa mate et madame fait la gueule, sa poitrine en gant de toilette et les hanches alourdies, c'est les enfants. Alors elle dit, sans vraiment chuchoter, c'est moche une jolie fille qui boit seule sur la plage. Sonja l'emmerde. Moi aussi, j'ai enfanté, connasse. Elle ouvre la deuxième canette. Elle veut dormir, oublier maintenant. L'étang est agité d'un léger clapot. Elle sent la houle en elle s'accentuer. Elle ferme les yeux et se souvient quand, d'un coup, les vagues secouaient le bateau, à la sortie du canal, cette crainte toujours que le bateau verse à la première ondulation, quelques secondes à chaque sortie, puis, rapidement, l'impression d'infinie liberté sur le bleu profond. Elle devait avoir dix ans quand elle prit conscience pour la première fois de cette immensité et du bien-être qu'elle lui procurait. Assise à l'avant, les jambes dans le vide, elle dégustait une part de tielle et guettait dans l'eau transparente ces petits calamars qu'elle aimait tant dévorer, mêlés à la tomate, dans la pâte croustillante. Elle avait levé le regard sur la mer, posé sa main libre sur le bois du pont chauffé par le soleil. Elle avait compris : ces deux éléments seraient le ciment de sa vie. Sur l'eau, elle avait l'impression de voler au-dessus du monde, même quand elle entendait, au loin, portées par le vent, les cloches de l'église Saint-Louis sonner midi. Le temps n'existait plus. Elle n'avait besoin de rien. Juste du petit va-et-vient, qui rythmait son bonheur. Alors elle souriait jusqu'au soir, quitte à paraître folle, et s'endormait, bercée par la houle qui la suivait dans son lit.

 Elle rouvre les yeux. L'eau et son mouvement n'ont pas changé.

 Les appels du muezzin ont remplacé le carillon de Saint-Louis.

 Elle est devenue folle. Vraiment.

5

Pierre aussi se sait fou – il dit fou, il préfère, c'est toujours mieux que malade ou dépressif – mais il n'a pas la berlue. C'est elle là-bas, la rousse. Il l'a reconnue. Il a d'abord vu une vieille dame s'écrouler au croisement de l'allée centrale et d'une allée secondaire, à une cinquantaine de mètres de son camion, puis la chevelure se précipiter, sortie de nulle part. Il a ensuite vu la fille se baisser et disparaître derrière les voitures, réapparaître, s'agiter. Parler avec des passants. Certains ont téléphoné.
Et maintenant elle se met à courir, alors qu'arrive une camionnette du Samu. Pourquoi court-elle ?
Pierre ne tient pas.
L'énergie qu'il ressent depuis deux jours. La dégringolade enrayée, juste parce qu'il fantasme – comme un ado, et alors ?
– Je reviens.
Il abandonne Azzedine et sort du camion. Tout en accélérant le pas, il s'essuie les mains sur son tablier, repense à la toile peinte cette nuit, après un dimanche à se ronger les ongles obsédé par cette fille, une comète à traîne fauve, sa plus belle création depuis longtemps. Où est le 4x4 derrière lequel elle s'est faufilée ? Il court maintenant, ce qu'il aurait dû faire samedi, jette des regards à droite, à gauche, ne l'aperçoit plus, si, le 4x4 est repéré, il l'atteindra dans quelques mètres, quelques secondes. Ouf, la jeune femme est là, assise à terre, adossée à l'énorme roue. Absente, deux traînées humides sur les joues. Il s'accroupit.

*

Une ombre vient obstruer le rayon de soleil qui réchauffait Sonja. Elle lève les yeux, un type lui parle. À contre-jour, elle distingue les traits d'un visage ; ne l'a-t-elle pas déjà vu ? Des bouclettes grisonnantes. Un sourire d'ange. Et deux billes bleu clair, ça fait tilt : le donneur de poulet.

Et merde, regarde-toi Sonja, chien errant samedi et maintenant la blondasse fait son malaise vagal...

D'une main légère, Pierre remonte le tee-shirt sur son épaule dénudée. Il la serre, ressent-elle, avec beaucoup d'affection. Elle se laisse faire, ce n'est pas désagréable, elle est tellement faible de toute façon. Pierre a saisi sa deuxième épaule. Il est soucieux, répète est-ce que ça va ? Elle aimerait répondre, dire merci, merci à quoi, elle ne sait pas, mais les sanglots redoublent. La vieille est morte. Elle n'a rien pu faire.

– Que dites-vous ?
– La vieille est morte.
– Vous n'y pouvez rien.
– C'est ça, le problème.
– Il faut bien partir un jour. Cette personne a certainement eu une belle vie, elle était âgée...
– Ne vous fatiguez pas.

Les petits yeux palpitent. Pierre se tourne vers sa camionnette, du regard, il fait le tour du parking, comme s'il réalisait soudain, les voitures, les Caddies, leur cliquetis métallique et la morsure des roues sur le goudron granuleux, les allées et venues des clients, les moues interrogatrices, quelques-unes soupçonneuses devant cette jolie fille abîmée. Il revient sur Sonja. Il aimerait passer la main dans ses cheveux, sur sa joue, l'apaiser. Oui, ce qu'il aimerait s'enfouir dans ce roux éclatant, elle a l'air si douce, si accueillante, cette peau fine et blanche, presque translucide, elle est belle, cette petite, elle paraît pure, il n'y qu'à voir ses yeux vert d'eau et les paillettes dorées que le soleil allume dans son regard.

– Vous voulez un café ? se reprend-il. J'ai un thermos...
– Un thermos.
Ça la fait sourire.
– Oui, au camion. Venez.

Il l'aide à se relever, elle s'agrippe à lui, qui frôle ses seins, l'impression de la profaner, n'en a pas touché depuis... Il étouffe un frissonnement. Elle, tente d'ignorer le tintement des bouteilles d'alcool bringuebalées dans un chariot, derrière eux, qui lui rappelle les douilles de 12.7 éjectées sur la carrosserie d'un véhicule blindé. Elle serre les poings.

Pierre hésite à la prendre par le bras. Elle tient debout. Ils avancent côte à côte, en silence.

Pierre ressort derrière son camion, le thermos et deux tasses à la main. Le soleil se réverbère sur la tôle blanche, des bribes de discussions leur parviennent dans les volutes de poulet grillé. Pierre et Sonja ne se tutoient toujours pas.

– Merci, souffle-t-elle tandis qu'il sert.
– De rien.

Non, pas de rien, pense-t-elle, c'est l'heure de pointe, vous avez mieux à faire que de vous occuper de moi, mais elle est incapable de le prononcer, l'usage de la parole, la relation à l'autre malgré l'empathie qu'elle reçoit, tout est désordonné. Elle dit quand même :

– Si, vous êtes gentil.

Et les yeux bleus palpitent de nouveau. Une forme de malice s'en dégage. Derrière ses pattes d'oie, Pierre possède un regard d'enfant, rieur, dans lequel Sonja lit aussi, tout au fond, une grande agitation.

– Je remplace un employé malade, explique-t-il en lui tendant sa tasse. Je n'aurais pas dû être là. Et puis... je... je vous ai vue. Enfin, je veux dire, je vous ai vue intervenir puis disparaître. J'ai été inquiet.

Il se sent con et ajoute vite :
— Vous aviez l'air de vous en sortir, pourtant.
Sonja reste le nez dans son café. Elle songe une mort de plus, à quel quota ai-je droit ? Elle revoit les cadavres, chaque cadavre, les sacs noirs, les cercueils, les saluts, entend la sonnerie aux morts. Puis elle vide sa tasse et la dépose sur le marchepied métallique. Elle aimerait rester bavarder.
— Je vais y aller, dit-elle.
Les défenses sont trop fortes. Cet homme semble inoffensif, prévenant, doux, comme l'est Sabine, c'est la vie qui revient ça, Sonja, mais elle a besoin de retourner se terrer parce qu'elle en a pris l'habitude.
— Vous êtes du coin ? demande Pierre pour la retenir.
— Un peu.
Un peu, ça ne veut rien dire. Il sourit.
— Vous travaillez ici ?
— Je commence demain, là (elle pointe le supermarché).
— Alors on se reverra...
Elle fait oui de la tête et s'en va.
Pierre la regarde s'éloigner en pensant à ces momies de cendre, pétrifiées, qu'on peut casser d'un simple contact du doigt. Il s'apprête à regagner ses rôtissoires.
— Hé... champion !
Abbes arrive dans son dos, il le contemple, hilare, tu les prends au berceau, maintenant ? Pierre rougit. Il se tourne en direction de Sonja, de peur qu'elle ait entendu. Puis il sourit. Les deux hommes se donnent l'accolade.
— En même temps, tu n'as pas tort, lui glisse Abbes dans l'oreille. Elle est jolie, cette petite.
— Elle est venue au camion samedi et je la revois aujourd'hui, par hasard. Je ne connais même pas son nom.
— Le hasard fait bien les choses, on dirait.

Les deux hommes s'appuient sur le capot d'un break Mercedes. Les yeux plissés face au soleil, ils embrassent le grand parking, Abbes sort de sa poche arrière un paquet de tabac et des feuilles à rouler. Ils ne disent rien, unis par leur silence, le bourdonnement de la circulation au loin.

Abbes prend son temps, avec ses doigts fins. La cigarette prête, il la tend à Pierre, qui fait non de la tête puis ferme totalement les paupières. Abbes craque une allumette, le papier et le tabac grésillent quand il aspire, la première bouffée s'accroche aux narines de Pierre, la seule dont l'odeur lui plaît. Il rouvre les yeux et voit son camion. Il se rappelle leurs retrouvailles sur ce même parking, il y a combien, seize, dix-sept ans ? Il avait repris l'affaire depuis quelques mois.

Un ex-champion olympique heureux de vendre des poulets dans un camion à la sortie d'un supermarché, avait sifflé Abbes en hochant la tête. T'es un sacré mec, Pierre.

Sacré, c'était le cas de le dire.

À contre-courant.

Il voulait y croire.

Mais tout et tout le monde, tout le temps, le ramenait au début des années quatre-vingt, Abbes le premier. Ce jour-là, involontairement mais plein de fierté parce que pour lui c'était le meilleur témoignage de son amitié, Abbes lui avait dit je n'ai rien loupé, tu sais, même à l'ombre, même en cavale, il parlait peu de ces choses-là pourtant, j'avais toujours un transistor ou un journal. Ton record du monde à Cologne, en 83. Et 84 en pleine nuit, Los Angeles. La médaille d'or. Chez les Ricains. Putain, je faisais criser mon partenaire de cellule, mais, c'était beau.

Surtout trop tôt.

À vingt-deux ans.

Plus d'un demi-siècle, déjà.

Pierre observe les tempes blanchies d'Abbes comme si c'était les siennes. Revenir au présent. Voir devant, que devant – au moins s'y efforcer. Il donne un coup de coude.

– La fille, là, celle de tout à l'heure. Elle commence demain dans ton supermarché.

Abbes, pensif, tire sur sa cigarette.

– On m'a parlé d'une nouvelle à former, fait-il en soufflant sa fumée. C'est peut-être elle.

La porte arrière du camion s'ouvre sur Azzedine.

– Patron, ça chauffe !

– J'arrive.

Pierre se redresse, signe de tête vers le camion d'où dépasse la file d'attente.

– Vas-y, champion, lui dit Abbes. Et crois en toi.

Pierre s'élance, il se remet à rêver. Et prie au hasard.

6

Quand son réveil sonne, ce mardi matin, Sonja marche les pieds dans l'eau. Elle est debout depuis un moment, un comprimé de Rohypnol au lieu de deux, forcément, le brouillard est moins épais. Le regard pour une fois clair et le champ de vision large, face à l'étang pas encore chahuté par la brise, elle tente d'analyser ce qui a pu lui donner suffisamment confiance pour baisser la dose. Pourquoi ici et maintenant ? L'eau, peut-être. Les poissons flirtant avec la surface à la nuit tombée, la lune réfléchie, tremblotante dans le clapotis, le passé, le bon, réveillé par ces atmosphères. Les rencontres aussi, ces conversations, quelques mots seulement, prononcés avec difficulté parfois, mais elle a participé, pour elle, presque muette depuis des mois, c'est fort comme les premiers pas d'un enfant. Ce pourrait être un nouveau début.

Tout doux. L'humeur va et vient, tu le sais, tu as déjà connu des phases d'euphorie avant de te ramasser.

Mais il y a un si qui persiste.

Et si cette fois, au moins, elle se stabilisait.

Elle avance, le jean relevé à hauteur de genou, ses pieds dans des nuages de sable. Devant elle, la Gardiole surplombe Balaruc – toute petite montagne, une bosse. Les immensités afghanes arides et pâles sous le ciel interminable lui donnaient le vertige, décolorées par la lumière hâve du soleil, un jaune paille uniforme, au sol, sur les murs, sur les cailloux, sur les murets, les maisons, les maïs même, brûlés, de la poussière jusqu'entre les orteils et dans la bouche, il n'y avait que le soir pour redonner un peu de chaleur à ces plaines sans fin et ces montagnes sans arbres. Ici, le paysage est ramassé. Il la protège au lieu de l'engloutir.

Sonja quitte la terre rouge de la Gardiole et ses coteaux de garrigue pour poser le regard sur son van défoncé. Le Combi Volkswagen, acheté une poignée de billets avant de filer, est un tas de tôle dont on distingue vaguement la couleur lie de vin, on voit surtout la rouille et la carrosserie froissée. À Kaboul, il ferait un magnifique taxi collectif.

À son retour en France, avant que tout déraille, elle s'était rendue en bibliothèque pour feuilleter des livres sur l'Afghanistan. Pour voir ce qu'elle n'avait pas vu, comprendre la complexité de cette histoire. Dans un recueil de photographies des années soixante-dix, elle avait découvert sur des tirages argentiques au grain apparent des sourires, beaucoup de sourires, bien plus qu'elle n'en avait rencontré en six mois et tant de visages de femmes et de filles, ouvertes, heureuses, aux vêtements colorés, des bus décorés, des champs de fleurs de pavot, gaies comme des œillets ou des coquelicots, la couleur était partout quand son souvenir était sombre, noirâtre ou jaune pâle d'un pays vivant sous un nuage de suie, la faute à la guerre.

Une guerre à laquelle elle avait pris part.

Pire qu'un poison, une mort lente. La plus belle erreur de ta vie, Sonja.

Comment peut-on sciemment et avec autant de sincérité se foutre dans le fossé ?

Elle avance toujours, l'eau glissant sur ses mollets, à l'affût d'un lièvre de mer. Il en traîne parfois le long des berges.

Tu as adhéré, Sonja. Tu as cru à leurs justifications.

« Les démocraties du monde entier menacées, la lutte contre le terrorisme, combat complexe et sans merci. »

« La liberté et la dignité sont à ce prix. »

« Le peuple afghan, en souffrance depuis vingt ans, victime d'un régime barbare, il faut répondre au drame humanitaire. »

« Les Français unis. »

Étrange, parce que ta première réaction, à la vue des jeunes soldats qui rentraient amputés, vingt ans et le jogging pendant sur la jambe absente, avait été le rejet. Tu étais infirmière, pas soldate. Tu bossais en hôpital militaire, c'est vrai, mais pour la sécurité de l'emploi, pas par conviction, ni engagement patriotique – pas encore. Et puis, sous ton nez, ces jeunes invalides ont continué à vivre. Ils jouaient dans leurs fauteuils roulants, dans les couloirs et dans les ascenseurs, ils se chambraient, ils étaient fiers, disaient-ils, d'avoir accompli leur devoir, il y avait bien ces cauchemars, en pleine nuit, le trou béant dans leur regard d'enfant effarouché mais rien de pire que les accidentés de la route, te disais-tu, et ils le répétaient, leur sacrifice avait été utile.

Eux aussi, tu les as crus.

Tu ne pouvais pas savoir.

En France, l'idée de mourir au combat n'est qu'un concept.

L'idée même de combat est un concept. Et c'est pourtant le but ultime pour un militaire. L'engagement. Se servir de son arme.

Tuer un ennemi.

Jouer à la guerre, comme dans un film. Ou dans la cour de récré, les cowboys et les indiens.

Et toi, contaminée, tu t'es vue au soutien.

Pour une cause. Pour fuir, aussi. Et parce que ta solde serait doublée, et ça, ça t'arrangeait bien.

Sonja... Tu replonges à la moindre occasion.

De retour au van, elle s'installe au volant, les pieds couverts de sable. Elle repense à hier. Hier, elle voulait être aujourd'hui et c'était incroyable, cet espoir revenu du lendemain, fort comme une promesse – infime et alors, c'est mieux que l'agonie.

Elle démarre. Inutile de ranger, le trajet est court de Mèze à la zone d'activité de Balaruc. Un dénommé Abbes l'attend, il

doit lui expliquer le boulot, Sabine ne commence qu'à 11 heures, elle est caissière de toute façon, pas manutentionnaire.
Elle a envie de chanter.
Elle fredonne *Help !* des Beatles.
Se sent normale. Dans la norme, c'est ça. Elle sait qu'elle n'y est pas mais elle ose ajouter « pas encore ». Cette possibilité lui permet de mieux respirer.
Les rues défilent.
Elle chante.
Légère.
Éblouie par le soleil déjà chaud, portée par une bouffée d'espoir aussi soudaine qu'appréciable, elle a un bon feeling ce matin, la vie peut recommencer, il suffit de le vouloir.
Et elle s'imagine, traversant le rond-point, dans un appartement comme celui de Sabine. Seule, entourée de livres, même si elle lit peu. Elle pourrait aimer lire plus. Sur la terrasse, au clair de lune. Sur la terrasse, au petit matin. Tout le temps, et l'eau à portée de regard, protectrice.
Elle aurait une embarcation. Elle sortirait sur l'étang, en mer, elle...
Elle pile. La tête projetée vers l'avant, bras tendus et crispés sur le volant, tronc bloqué par la ceinture de sécurité.
Dans un vagissement de pneus, le van s'immobilise.
Elle n'entend plus rien.
Ses yeux accrochent le regard effrayé d'une maman. L'odeur de gomme l'asphyxie en même temps que se forme un attroupement. Elle est à moins de deux mètres du passage piétons, moteur calé, toutes ses rêveries viennent de s'écraser sur le pare-brise avec le rouleau de Sopalin et son tube de dentifrice.
Ne pas paniquer. Mais les morsures de fourmis apparaissent déjà dans la nuque. Et les tremblements. Des jambes. Des mains. La sueur froide, grasse. Au carreau, le gilet jaune chargé de faire

traverser les familles vient de toquer. Sonja baisse sa vitre et tente un sourire. Elle est livide.
— Madame... Vous n'avez pas vu le panneau « attention école » et le signal clignotant ?
— Je suis désolée.
Tous, enfants, parents, accompagnateurs, vieux, jeunes, la fixent. Elle perd sa voix dans un sanglot qu'elle étouffe. Elle revoit l'enfant sur la piste et le convoi qui ne ralentit pas, en zone dangereuse, les ordres sont clairs, on ne s'arrête pas.
La nausée monte.
Le gilet jaune en plan.
La radio crépite. Elle entend le pilote en tête de convoi poser la question, par acquis de conscience.
Est-ce que. Est-ce que vraiment. Et l'ordre, en réponse.
Les regards horrifiés dans le véhicule blindé, ce putain de VAB dans lequel les yeux fuient, des rictus de gêne et de honte, sous les casques, les gouttes de sueur, l'interrogation générale. On va vraiment faire ça ? Le plus gradé, haussement d'épaules, c'est les ordres, fermez-la.
Alors chacun imagine le choc. Une poupée de porcelaine explosée par un train.
— Madame ?
La matière se déstructure, sous l'impact de la ferraille, un bruit mat, comme un coup de massue sur une carlingue, un simple dong et la vie qui s'échappe et les roues, pour finir. On a tous, dans nos chez nous, dans nos familles, un fils, un neveu, un petit voisin, un gosse qui pourrait être ce gosse, pas mal intentionné, juste distrait et on veut lui hurler de se garer, on l'imagine courir après un ballon, idiot, on ne t'a pas appris à regarder avant de traverser ? Appuyez sur le klaxon ! Y a pas de klaxon ? Ouvrez la tourelle, tirez pour l'effrayer, dégage, petit, sors — nous sommes en mission pour protéger la population.

Et le VAB avance toujours. Il ne décélère pas, on se prend à espérer. Le gosse s'est écarté ?
Mais, en silence, on guette. À chaque cahot, est-ce que c'est lui ?
Une pierre ou un corps d'enfant.
Il y a des rires nerveux. Un cahot plus gros qu'un autre et une blague horrible, ça ferait même pas un bon méchoui, pas assez de barbaque sur ces petits corps frêles et mal nourris, suivie d'autres rires, pas ceux des soirées ou de la cantine, des rires qui pleurent et personne ne réagit – on se défend comme on peut.
Et puis on efface.
Le soir même. Il faut, pour pas sombrer.
Et puis ça ressort sans prévenir.
À Mèze, des mois plus tard.
– Madame, vous allez bien ? insiste le gilet jaune.
Les yeux embués de Sonja déconcertent l'agent de circulation.
– Ça va, répond-elle en rallumant le contact – il faut partir d'ici. Je suis désolée... Je... Je vais y aller, d'accord ? Mais vous leur dites, hein ? ajoute-t-elle.
– Quoi ?
– Que je m'excuse.
– À qui ?
Tous. Tous ceux qu'elle n'a pas sauvés.

Sonja vomit son petit-déjeuner, portière entrouverte, à un kilomètre de là, sur un bas-côté, épiée par un groupe de flamants roses. Pour une fois qu'elle avait avalé quelque chose. Après s'être rincé la bouche, elle se retourne pour constater les dégâts occasionnés par son freinage. L'arrière du van est un champ de bataille. Bataille – il n'y a pas de hasard.

Des coups de marteau dans la poitrine, elle se perd dans le soleil. Vite, elle cherche ses repères. Son mont Saint-Clair. Sète accrochée à ses flancs. La mer infinie, les parcs à huîtres. Ça va aller. Cramponnée à son volant comme à une ancre en pleine tempête, elle expire tout ce qu'elle a d'air dans les poumons, phalanges blanchies.

Dans le cendrier, elle saisit un tube de Lexomil. Gobe un comprimé. Avec le Rohypnol d'hier soir et l'Effexor pris ce matin, elle devrait se calmer rapidement. S'en enfile un second – ça fait beaucoup. Elle s'en fout, tourne la clé de contact, brasse pour retrouver ses idées positives. Les enfants ont tout foutu par terre.

Le van toussote. Pendant qu'il s'ébroue, Sonja abaisse le pare-soleil.

– Merde, lâche-t-elle en le rabattant immédiatement.

À chaque fois, elle oublie.

Comment peut-elle oublier ?

Elle file. Abbes l'attend.

7

L'air froid lui glace la nuque, putain de clim.

Ce matin, irritée par la radio qui scande les promos, Sonja retire les DLC périmées, direction la benne – on nourrirait un continent. Hier et le jour d'avant, il fallait que ça déborde. Elle s'était exécutée, à décharger ses palettes et ses cageots, un bras articulé sur une chaîne de montage.

Maintenant, elle trie.

Elle n'a jamais vu autant de yaourts. Jamais vu autant de marques de beurre, de fromage râpé, de crème fraîche, d'emmental, de camembert, de tout, pour qui ? La nourriture arrive dans des caisses comme des vis ou des boulons. Les 36 tonnes la déversent, les clients l'entassent, le patron se gave. Le surplus, on jette.

Elle, elle n'a plus faim.

Pause, Sonja, la routine décérébrée qui te maintenait en vie ces derniers mois te tue.

Elle abandonne son chariot, emmerde les caméras de surveillance.

Dans le couloir qui mène au vestiaire, elle croise Sabine et Jenny en pleine rigolade. Elle envie Sabine, qui rit avec sa collègue, qui rit avec toutes ses collègues, comment font-elles ?

Elle se force, fait une bise, marmonne besoin de prendre l'air, pour s'échapper. Elle n'en peut plus des néons. Quatre jours de cet enfer, elle ne comprend déjà plus ce qu'elle fait là. Elle croyait se nourrir, elle a l'impression de s'empoisonner.

Dans le couloir qui mène à la sortie des employés, Jérôme lui propose de partager son déjeuner. Il est sympa, Jérôme, responsable d'elle ne sait plus quel rayon, la boulangerie peut-être, il lui donne des conseils. Mais c'est pour la mater,

uniquement pour la mater, elle l'a bien vu, ils la matent tous ; une main sur son épaule ou sur son bras, dès qu'ils le peuvent. Les regards s'accrochent, la couchent, la déshabillent.
Elle a beau avoir l'habitude, elle supporte de moins en moins. Être une proie, comme si à chaque regard elle était sifflée.
Dehors, le soleil l'aveugle.
– Tu t'en sors, petite ?
Elle a reconnu le ton bienveillant d'Abbes, qui roule une cigarette, adossé à un lampadaire. Il l'allume en se protégeant du vent. Sur ses mains, les deux tatouages semblent danser. Sonja s'approche.
– La brise, la lumière du jour, même sur le parking, ça fait du bien, dit-il, l'accent méridional prononcé.
De ses yeux ridés, il la dévisage. Les taches de rousseur de Sonja forment comme un masque sur sa peau, qui lui rappelle le henné avec lequel sa mère ornait ses mains et ses pieds pour les grandes occasions. Elle avait perpétué la tradition, même au camp.
– On dirait que tu t'y es fait, ajoute-t-il en désignant la blouse blanche.
– Ça va, dit-elle.
Elle avait reculé, craintive, quand, le premier jour, il la lui avait tendue. Le mistral tiède soulève les cheveux de Sonja. Elle a changé, pense-t-il. Elle s'est déployée.
Se domine, surtout.
Grâce à Abbes, peut-être. Avec ses airs de vieux sage hirsute, derrière son bouc poivre et sel, il avait dit ne t'inquiète pas, on va faire le tour du magasin, pour la blouse, on verra plus tard. Elle avait eu le temps de s'habituer à l'idée.
– Toujours partante pour ce soir ? demande-t-il.
– Bien sûr.

– Tu m'as dit que tu aimais les voiliers, j'ai prévu une petite surprise...

– Sonja !

Abbes et Sonja se tournent vers la porte.

– Sonja ! reprend le responsable du rayon crémerie. Ton chariot au niveau des yaourts gêne les clients, tu reviens l'enlever. Et puis la pause, c'est pas une demi-heure.

Le type l'a déjà reprise un peu plus tôt, son facing était approximatif, pourtant, le facing, c'est son job à lui, pas à elle. Elle s'avance, voudrait dire connard, la palette ne gêne personne, j'ai justement pris cette précaution et je viens de m'arrêter à l'instant, mais elle balbutie, s'empourpre, alcoolisée elle oserait peut-être, mais là... Abbes la stoppe d'une main ferme.

– Hé, lance-t-il. Elle est ici depuis une minute. Je vais l'enlever, moi, le chariot. Ne bouge pas, toi, ajoute-t-il à l'attention de Sonja, tu as droit à tes dix minutes comme tout le monde.

Il écrase sa cigarette et rejoint le chef de rayon, Sonja n'a pas bougé. Dans l'encadrement de la porte, le type ne fait aucun effort pour le laisser entrer. Elle les voit parler, poings tendus, puis disparaître.

Restée seule sur le parking, Sonja fixe la cigarette d'Abbes agonisante sur le sol. À l'armée, c'était pareil. Il y avait toujours un responsable de service ou un chef d'unité pour la protéger. Elle avait tout fait, pourtant, quel défi idiot quand elle y songe, pour s'affranchir de sa féminité et s'insérer, je suis un militaire comme vous, concours de pompes, concours de shots et vas-y que je rigole des blagues sexistes, la bière à la main, devant les posters de femmes à poil, t'as vu ses nibars et son petit cul ? Elle étouffe un ricanement incrédule.

Elle dissimulait ses cheveux sous sa casquette dès qu'elle le pouvait, c'est-à-dire partout sauf à l'hôpital, portait des fringues amples qui digéraient ses reliefs ; son mari ne l'aurait pas reconnue. Ça n'avait pas empêché les mains aux fesses, ni les avances, ni les tentatives. Elle s'était sentie, parfois, comme une dinde au milieu d'un troupeau affamé, entourée de tous ces jeunes types sexuellement en manque et sous tension. Mais les gradés veillaient. Et elle, elle pardonnait. Oui, elle pardonnait. Ces mecs la couvraient quand elle sautait de l'hélico avec ses 25 kg sur le dos pour venir planter ses doigts dans leur chair fraîche, alors une main au cul, même appuyée, dans une soirée arrosée, elle laissait passer. C'était, considérait-elle, inoffensif – comment avait-elle pu penser ainsi ?

Ici, à Thau, elle ne veut plus rien tolérer.

Elle pensait finir de mourir là, sur ces terres amies, le cerveau verrouillé, et voilà qu'elle ne se contente plus de survivre. Elle retrouve son sens critique. Parvient même à penser à l'Afghanistan sans craquer, la preuve, depuis mardi, les crises s'espacent.

L'air iodé a du bon.

Elle se le répète, cheveux au vent, dans la Méhari d'Abbes qui tangue. Elle a pourtant hésité avant de monter. Abbes l'attendait, moteur allumé, faussement flambeur sur son tacot rafistolé, il avait débauché une heure avant elle. Mais elle était paralysée, redevenue petite fille – tu ne connais pas cet homme, rentre te planquer – comme si le dépouillement de sa carapace construite depuis Kaboul impliquait par instant la résurgence de ses peurs d'enfant. Puis elle a vu. La voiture, une jeep, Abbes un interprète potentiel. La possibilité d'un malaise, son instinct se méfiait. Au volant, pourtant, Abbes, lui, souriait, le bras étendu sur le dossier du siège passager – alors, tu viens ? La cinquantaine fatiguée, un jean élimé, ses sandales en vieux pneu, cet air jovial ; retour à la raison, Sonja. Elle était montée.

L'étang sur leur droite, Sète de plus en plus proche, ils ont dépassé la cimenterie désaffectée et longent la voie ferrée, le mont droit devant. Abbes tourne à droite, le parc aquatechnique, crie-t-il pour couvrir le roulement métallique du moteur Citroën. Au bout de la petite rue bordée d'entreprises d'accastillage et de chantiers navals, dans un virage en L, ils passent un portail enseveli sous les lauriers rouges et la jeep stoppe dans un nuage de poussière, face à un grand hangar ouvert. Sonja y aperçoit les coques en bois d'un catamaran en construction longues et fines comme des quarts de lune, et quelques ouvriers en plein travail d'enduit, masques sur le visage. À gauche, des carcasses de bateaux en cale sèche, garées en épi, s'entassent sur la centaine de mètres qui mène à l'étang.

– Suis-moi, fait Abbes en tirant Sonja dans cette direction.

Certains propriétaires, perchés à cinq mètres de hauteur, œuvrent sur leurs embarcations, d'autres, usées, rouillées, ont l'air abandonné, toutes ont à leur pied, entreposés, des outils en tas, des pièces de rechange, des pots de peinture, un vieux moteur, un canapé éventré, des caisses, des toiles, des cordes, parfois une tente. Enchevêtrés, les quilles, les échelles et les escabeaux forment avec les bers de stockage une forêt de bois et de métal. Abbes, excité comme un môme, s'arrête face à une coque brillante, noire et blanche. Au pied de l'échelle trône un mobilier de camping à la peinture écaillée, la toile des sièges trouée, couleur indéfinissable. La table supporte une cafetière italienne, deux quarts gondolés et un paquet de tabac. Du regard, Sonja interroge Abbes.

– C'est chez moi, répond-il. Mon bateau. Un voilier plus vieux que moi, le pont tout en bois. La mise à l'eau a lieu demain.

Sonja rougit. Tant d'images la secouent. Le rafiot de son grand-père, une barque à moteur, n'avait rien à voir avec ce beau bâtiment. Mais quand ils pêchaient, machinerie éteinte, elle se rêvait souvent sur le pont d'un voilier, imaginant le souffle du vent caresser les voiles, la coque qui fend l'eau en retombant à chaque vague dans une explosion d'écume et le bruit de l'air, qui dépose sur ses lèvres quelques embruns salés. Elle passe sa main sur le bois peint, se souvient de ses vacances de printemps à caréner la barque, la sortie de l'eau, le grattage des algues et des coquillages puis la peinture. Elle fait le tour de la coque, découvre le nom du bateau, sur la proue, *La Naissance du vent*. En mer, la moindre brise lui faisait bomber la poitrine, elle se sentait voile qui prend son envol à l'horizon, tout lui semblait possible et tout serait beau. Il n'y a maintenant plus que le vent porteur des stigmates d'Afghanistan.

– Ça va, petite ? demande Abbes.

Elle le dévisage comme s'il venait d'apparaître. Le gouffre se rouvre, elle le refuse. Pas maintenant, pas ce soir.

– On va à Sète ? demande-t-elle pour ne pas sombrer.

– Bien sûr, fait Abbes, pudique, il a senti le malaise. C'est toi qui dis.

Ils repartent le long des cadavres de bateaux, elle, absente qui pense et l'idée tourne et cogne, on peut se planter de bonne foi. Patauger tout le temps – qu'est-ce qui m'a pris ?

Dans la Méhari, à nouveau bringuebalée et assourdie par le bicylindre, elle a quitté la Méditerranée, transportée de force sur les routes cabossées d'Afghanistan par les soubresauts, les odeurs d'essence et l'air chaud. Le cafard la gagne. Mais elle se souvient, il y avait du bon aussi. Quand elle vaccinait à tour de bras, visitait les villages, assaillie par les petites filles voilées qui hallucinaient de voir en pleine rue une femme en pantalon et sans foulard discuter d'égale à égal avec les hommes. Et ce jour, à Bibi Sara, un lycée de Kaboul, où des centaines d'adolescentes en uniforme l'avaient pressée de questions en anglais, comment devient-on infirmière, comment devient-on militaire, dites,

Madame, dites. Elle était une fenêtre sur un monde meilleur, une raison d'espérer. Tu vois, tu as aussi fait le bien.

Prise dans ces pensées positives qui la maintiennent définitivement là-bas, elle ne remarque pas l'étude machinale et inconsciente de son œil sur les alentours. Toujours sur la départementale, ils viennent de dépasser la gare, de l'autre côté de la route, et s'engagent sur la bretelle qui s'élève à découvert pour franchir la voie de chemin de fer à l'entrée nord de Sète.

À découvert. Elle se tend.

Elle réalise. Elle a vu tous les angles.

La gare à gauche, un entrepôt à droite et, plus loin, les hauteurs du mont Saint-Clair. On peut les tirer comme des ballons à la fête foraine. Sa bouche s'assèche. Elle sent la crise de l'embuscade monter. C'est la pire. Les nerfs tétanisent, les balles, les explosions fusent, les mourants rappellent, le sable et le sang pleuvent. Entièrement raidie, elle enfonce ses doigts dans son siège, ferme les yeux, tente soudain de se souvenir qu'elle est en France. À Sète.

Le roulement du moteur monte dans les aigus, Abbes vient de rétrograder pour trouver un peu de reprise, elle rouvre les yeux, la route est dégagée, on va filer, faites qu'on file, on vire, on redescend, de moins en moins cible, Sonja respire un peu, le rond-point est vide, avalé en un instant, le feu suivant est vert, ouf, Abbes est déjà sur le pont qui enjambe le premier canal, on sort de la ligne de mire, dans vingt mètres, on sera protégé par les immeubles, dans dix mètres, voilà, on y est, et personne n'a tiré, aucun blessé, aucun dégât ne sont à déplorer. Sonja peut souffler.

Elle soupire, relâche la pression de ses doigts, les lèvres blêmes. Abbes n'a rien vu. Elle déglutit et se dit, tu fais des progrès.

Elle n'aura même pas besoin de ses petites pilules et n'en revient pas.

Elle est à Sète.
Elle n'y a pas mis les pieds depuis six ans.

8

Garés avenue Victor-Hugo devant une brasserie où bulle, à l'ombre des platanes, un quatuor de retraités, Abbes et Sonja descendent du véhicule et s'engagent dans la rue Voltaire, perpendiculaire. Au bout, il y a le canal.

Son canal. À mesure que Sonja s'en approche, son pouls s'accélère.

Elle va revoir un vieil amant.

Et c'est un choc. Pas le canal, ni le bouquet d'iode et de vase mêlés, pas plus la façade du Grand Hôtel qui lui rappelle les touristes ahuris de la voir, gosse, manœuvrer le bateau, son grand-père aux commandes, hilare, dans la cabine, elle reconnaît tout, les ponts, les bâtiments, le courant, le sens du vent, elle est chez elle. Elle pourrait savourer. Non, se heurter si violemment aux aspirations qu'elle cultivait, jeune, sur l'eau, la cingle.

Elle se rêvait en mer, elle a fini militaire en zone de combat.

Depuis des mois, elle cherche des explications.

Elle marche le long du canal ; Abbes, derrière, s'attarde sur une devanture. Au bord de cette eau, Vincent lui avait pris la main. Il avait passé l'après-midi à guetter son retour, les roses avaient séché. Il était gêné, maladroit, drôle. À quel point a-t-il pu influencer l'effacement progressif de sa personnalité ?

Il était bien, Vincent, ses parents le lui avaient dit – ça comptait tant que ça ? Débonnaire, sans ambition particulière, beaucoup d'esprit, ni beau ni laid, les joues pleines et tellement de bienveillance, trop de bienveillance. Pour lui, elle n'était pas un trophée et ça changeait tout. Elle s'était offerte en femme parfaite (ce qu'elle croyait être la femme parfaite). Le souhaitait-il vraiment ? Elle a pu mal interpréter. Et lui a pris ce qu'elle lui donnait.

Sonja s'avance jusqu'à balancer ses pointes de pied au-dessus de l'eau. Elle se cherche à la surface. En même temps qu'elle devine son reflet, dans l'ombre entre deux embarcations à quai, elle déroule le fil pour la énième fois et se voit, sans se reconnaître, et se déteste roucoulant dans sa morale petite-bourgeoise, salon propret, cuisine tenue et chambre d'enfant prête neuf mois à l'avance, les piques en public sur le mari-chômeur-en-survêt qui préfère regarder le match de football au lieu de réparer le placard de la salle de bains, les gardes interminables, je serre les dents, il faut payer le pavillon, puis, deuxième basculement, Thibaut arrive, petite merveille qui donne tout son sens à son existence, c'est l'enchantement, l'emballement, la folie reproductrice, j'en voudrais quatre, j'en voudrais cinq, je serai mère et rien d'autre, elle n'a pas pris un gramme, les chairs toujours fermes et le sex-appeal éclatant, elle pourrait s'envisager femme libre et entreprenante, ça te rappelle quelque chose, Sonja ?, mais l'utérus a remplacé le cerveau, réservons-nous pour la période d'ovulation, et le deuxième ne vient pas. L'édifice s'écroule. Qui suis-je si je ne peux plus enfanter ?

Elle pourrait voir la gangrène – aujourd'hui, elle ne voit qu'elle. Comprendre ce qui coince, tu t'oublies trop. Non, l'appel du ventre l'aveugle, elle s'obstine. Elle sourit de moins en moins puis plus du tout, il fait noir, même le jour, si son ventre ne grossit plus, elle préfère mourir. Trop passif, mais c'est sa nature, Vincent assiste à la décrépitude. Elle lui en veut aujourd'hui, il aurait dû la secouer. Assis au bord du lit quand elle est allongée à se lamenter, un gant de toilette sur le front pour faire passer la migraine, les jambes en l'air pour favoriser la fécondation, il devrait lui dire réjouis-toi de ce que nous avons déjà, il n'ose pas, de toute façon le mal est plus profond, mais il ne se révolte pas, au contraire, il la plaint. Elle s'enfonce.

Finit par haïr ce fils, Thibaut, qui a consumé toute sa fertilité. Et son mari, qui ne féconde plus rien.

L'Afghanistan se présente.

Elle dit oui.

Elle se souvient, là sur le quai Adolphe Merle à quelques pas de la capitainerie, un banc de mulets qui la suit, picorant les coques des nacelles amarrées. Le regard ahuri de Vincent, la bouche bée de sa mère.

Elle avait mordu au discours officiel et, surtout, Kaboul, c'était trois mille euros nets de tout qui tomberaient chaque mois pendant un semestre, Vincent n'avait toujours pas retrouvé de travail.

Mais personne ne soutient ce coup de tête – partir faire la guerre, mère indigne, alors que ton enfant n'a pas deux ans ?

Elle, elle reprend espoir.

Ce sera pire.

Oh pas tout de suite. Il y eut même, au retour, une période hors du temps, quelques mois de bonheur inattendu, la joie des redécouvertes après six mois de séparation, la distance a effacé l'ardoise – une sorte de virginité momentanée octroyée avant le massacre. Il fallait que le mal incube.

Et puis, après ces semaines comme si elle n'était jamais partie, comme si, même, la déliquescence précédant son départ n'avait jamais existé, elle commence à écourter les câlins de Thibaut, et toutes ses preuves d'amour. Elle le couche, le borde mais ne l'embrasse plus. Le gamin du convoi la réveille chaque nuit, désormais, et lui demande des comptes.

Puis elle s'énerve parce que Thibaut joue avec son pistolet, un pistolet en plastique, un pistolet de cowboy, maman, pan pan, t'es morte, mais on ne tire pas dans ma maison, crie-t-elle, c'est interdit et elle l'attrape par le bras, violemment, tu sais comment on finit au combat, en vrai ? Démembré. Vincent choqué, tous les enfants font ça. Et elle qui s'enferme dans le garage, barbouille en larmes des cahiers de coloriage pendant des heures, des oiseaux, des fleurs, qui finissent toujours par saigner, elle pense aux copains restés là-bas, dans la caillasse, aux explosions, aux corps mutilés, sursaute quand une porte claque, attend qu'on toque à sa porte pour annoncer l'arrivée des blessés, la guerre est revenue et ne la lâche plus, elle est en Afghanistan, tout le temps, refuse de retourner bosser. Elle a peur.

De sauter sur une mine artisanale en allant travailler.

Que Thibaut explose avec elle. Ou tombe sous les roquettes, la nuit.

Elle sait qu'elle perd la boule, le mal n'est pas visible, il ne lui manque ni bras ni jambe, juste une case que la guerre lui a prise, mais qui va la croire ? Un trou s'est ouvert en elle.

Elle est devenue le trou.

Vincent, lui, pleure, rue, appelle. L'hôpital, l'administration, l'état-major, le ministère, il se bat, c'est nouveau, mais personne ne l'écoute.

Il fallait y penser avant.

Un jour, tu as perdu le fil, Sonja. Mais quand ?

Abbes la rattrape, il la prend par le bras.

– Alors, on va s'en jeter un, petite ?

Oui, boire, ça, elle veut bien.

– Et Sète, ça te plaît ?

Silence...

9

Deux heures plus tard, Sonja rit aux éclats. Sabine en est heureuse. Voir, là, même à distance, au travers des groupes et des éclats de voix, ce visage illuminé la comble, la gamine traîne un air si triste habituellement. Sabine en sourit. Et puis elle s'arrête sur les têtes qui entourent Sonja. Abbes n'est pas là. Elle ne distingue que des jeunes loups affamés, une cour autour de la princesse pommettes rosies par l'alcool. Dans le brouhaha des conversations, son imagination lui impose d'un coup des pensées sordides. Elle voit ces types, debout, la souiller, tous en même temps à jouer avec leur machin, et Sonja, enivrée, d'ordinaire si pure, se pliant à quatre pattes à leurs jeux pornographiques, c'est insupportable, alors elle accélère, force le passage, le bar est plein à craquer, elle pousse, elle a peur. Pour Sonja, pourquoi, je ne suis pas sa mère. Pour elle – et si Sonja succombait ? Et lorsqu'elle rejoint la table, à la mine incrédule de Sonja, elle comprend qu'elle fait fausse route, son regard révulsé qui dézingue chacun des prétendants est totalement inapproprié. Sonja joue.

La belle s'amuse, eux les souris, elle le chat pour une fois.

Elle présente Sabine... sa grande sœur. Sabine s'assoit et Sonja, au lieu de lui faire une bise, l'embrasse subrepticement sur la bouche avant de lui chuchoter, l'haleine bien alcoolisée, ça va les rendre malades. Et ça les rend malades. Deux filles qui se touchent, il n'en faut pas plus pour faire bondir leur libido – dites, les deux sœurs, vous dormiez dans le même lit quand vous étiez petites ? Clin d'œil, tu vois, je te l'avais dit.

Mais Sabine plonge elle aussi.

Les types offrent à boire, pour les exciter, Sonja se rapproche de Sabine et Sabine ne peut résister. Elle fait bonne figure, mais elle fond. Et le jeu dure, les verres s'enchaînent, Sonja joue, les types bavent, Sabine y croit. Elle se dit j'ai ma chance, elle s'est apprêtée ce soir, un peu d'eyeliner, un haut serré manches à mi-bras, boucles d'oreilles et collier, elle n'ose pas sortir fumer, trop peur de briser le charme.

Et voilà qu'Abbes réapparaît. La scène le fait sourire. La petite est heureuse, pleine de vie, ça change, ses yeux palpitent, elle apostrophe, rit, séduit, bouge son corps comme si, cette fois, il ne l'embarrassait pas. Elle est sérieusement touchée, son élocution ne trompe pas, mais elle rayonne. Il se sent, fier, à l'anniversaire de sa fille. On lui tape sur l'épaule, il se retourne.

– Oh champion, s'exclame-t-il en découvrant Pierre.

Il le prend dans ses bras et Pierre aperçoit Sonja, qui le reconnaît.

Les deux hommes échangent quelques paroles, elle ne peut les entendre mais elle fixe Pierre. Ses mains ont abandonné les cuisses de Sabine. Malgré les mojitos, elle n'a pas oublié les billes bleues ni leur émerveillement juvénile.

Pierre s'approche. Elle le prie de s'installer.

– On va s'en griller une, propose alors Abbes à Sabine, décomposée.

– Comment vous allez ? demande Pierre, qui vient de s'asseoir.

– Un peu paf mais je tiens le coup.

Les garçons ont fait place.

– Je ne vais pas pouvoir rester, reprend Pierre, mais j'aimerais vous revoir, j'aimerais beaucoup...

Ses yeux cherchent.

– ... Sonja, répond-elle. S-O-N-J-A, ça se dit Sonia. Ne me demandez pas pourquoi le « j ». Mes parents ont accompli là le seul acte fantaisiste de leur existence.

– Sonja, répète Pierre. Moi, c'est Pierre.

– On trinque, Pierre ?
Elle boit, très éméchée, il le constate et sent la mélancolie propice à l'enivrement pour oublier, ça l'attriste.
– Je vous propose demain soir, insiste-t-il. Vous travaillez demain ?
Elle acquiesce.
Pierre se lève. Il réclame quelque chose au bar, s'y affaire puis revient vers Sonja et lui tend un papier.
– Je passerai vous chercher. J'ai marqué le rendez-vous et mon numéro de portable, au cas où.
Sonja s'en saisit. Elle essaye de lire, impossible de faire le point, fourre le post-it dans sa poche et le regarde se lever. Haussement de sourcils et sourire enjôleur.
– À demain alors. Pierre...
Elle vide son verre.

Abbes lui a bouclé sa ceinture et vient de refermer la portière. Derrière la vitre, il dit au revoir. Sabine démarre. Dans sa tête, Sonja entrevoit très bien ce qui l'attend. Le van. La solitude. La tentation de regarder pour la centième fois le film de son mariage et les vidéos de Thibaut. Pourquoi a-t-elle tout dupliqué avant de s'enfuir ? Elle veut de l'eau. Tire la manche de Sabine, qui lui tend la bouteille, elle dit merci grande sœur et pouffe. Et puis s'arrête. Les médicaments, l'alcool, elle le sait, il ne faut pas mélanger, c'est la porte ouverte aux idées noires et aux cauchemars. Elle tire à nouveau la manche de Sabine et lui demande, je peux dormir avec toi ce soir.

10

Sabine l'allonge sur son lit et lui passe une main maternelle sur le front. Elle aime cette gamine, comme sa fille peut-être, elle n'a pas d'enfant, n'en aura jamais, elle imagine juste, l'amour maternel on doit avoir ça en soi. Mais le désir physique se mêle et la domine. Ce devrait être deux mondes séparés, ils se mélangent. Qu'y peut-elle ?

Sa main toujours délicatement posée sur le front de Sonja, son regard s'échappe. Elle est incapable de le tenir, gouverné par ce désir, et ses yeux glissent sur le nez mutin, accrochent les lèvres pleines et leur demi-sourire, au moins, ce soir, elle riait, puis le cou diaphane qu'elle pourrait croquer, les premières rondeurs des seins qui disparaissent sous le tissu. Ces seins. Sonja est allongée, eux sont toujours fiers et droits, deux dômes de tentation dans lesquels Sabine pourrait se perdre. Elle frémit mais les abandonne, poursuit sa descente et aperçoit, grâce au haut légèrement relevé à la taille, le bas du ventre, la peau toujours aussi laiteuse, à peine rebondie, la naissance du nombril. Dans l'ombre de la ceinture du pantalon, l'élastique de la culotte apparaît. Elle ferme les yeux, s'imagine glissant ses doigts mais retire sa main.

Elle va la laisser dormir. Sur la terrasse ou sur le canapé, elle sera bien, elle, sous les étoiles. Le vent léger de la nuit et les effluves du chèvrefeuille du jardin voisin la berceront.

Mais Sonja l'empoigne.

– Sabine, implore-t-elle d'une voix cassée, les yeux toujours fermés. Fais-moi jouir...

Sabine dit « quoi ? », interloquée, mais aucun son ne sort.

– Je t'en prie, insiste Sonja.

– Pourquoi ?

– S'il te plaît...

Et Sonja plonge dans sa culotte la main de Sabine, totalement décontenancée, qui se raidit et interrompt le mouvement. Pas comme ça, se défend-elle, pas comme un automate ou un ustensile. Ce désir qui la renverse depuis une semaine, elle a beau le combattre, elle veut le respecter tout autant qu'elle respecte Sonja. Elle ne s'est pas contenue chaque jour, masturbée chaque soir pour juguler ses pulsions et en arriver là. Elle le dit à Sonja. Je te veux, c'est vrai, mais respecte-moi.

Sonja se redresse sur le flanc, en appui sur le coude. Ses cheveux tombent le long de son visage, qui ressort comme une demi-lune dans la pénombre. Paupières baissées, elle reprend la main de Sabine, la pose sur sa joue, s'y abandonne un instant, sa tête tourne toujours, puis la fait descendre jusqu'à sa poitrine, qu'elle lui impose de caresser. Elle veut être excitée.

– Embrasse-moi, dit-elle.

Sabine est perdue. Est-ce l'alcool, le joint fumé avec Abbes sur le trottoir, ses scrupules, sa peur de goûter, d'aimer tant qu'elle ne s'en relèvera pas ?

Elle ne résiste plus.

Elle reprend possession de sa main, rouvre les communications nerveuses, voilà, elle sent, elle ose sentir, toucher, apprécier ce dont elle rêve depuis des jours, elle ne s'était pas trompée, le contact est plein, puissant, le téton de Sonja durcit.

Leurs lèvres, leurs langues se rencontrent.

Sabine monte sur Sonja, elle se libère, lui ôte son haut, la contemple, la caresse, elle n'aurait jamais pensé qu'elle aimait les filles, elle cesse de se demander si Sonja se donne pour la remercier, ce qu'elle lui trouve à elle, Sabine, de quinze ans son aînée, pas d'atout physique en particulier, à part ce mystère dans son regard, peut-être, et cette indépendance que tout le monde, hommes et femmes, veut dompter. Elle ne se dit plus je suis une profiteuse, je joue de son désarroi pour la sauter. Elle l'aime. Elle pense, à cet instant où elle caresse son sexe, sent son bassin s'agiter, juste avant de la lécher, elle ne pense pas d'ailleurs, elle le sait, elle est amoureuse.

Mais Sonja est sèche.

Pas Sabine. Qui lui caresse les cuisses, le ventre, glisse une main entre ses deux fesses en même temps qu'elle la mange. Elle a toujours joui de faire jouir, elle s'emporte, voudrait l'avaler tout entière, avoir plusieurs bouches, goûter, sucer, exciter chaque zone érogène, Sonja devrait partir vite maintenant. Mais non, elle se crispe.

Se ferme.

Elle murmure pardon. Sabine n'entend pas, les sanglots montent, sa libido est à plat. Elle voulait pourtant, elle voulait vraiment, elle y a cru, mais ça ne monte pas.

Cette langue sur son sexe devient insupportable.

Elle flatte un organe inutile, insensible comme une vieille peau morte.

– Stop, murmure-t-elle. Stop...

Sabine continue.

– Stop, dit-elle plus fort.

Elle se redresse, saisit la tête de Sabine et lui lance :

– Arrête, s'il te plaît, arrête.

– Quoi ?

Sabine la dévisage, affolée.

– Il ne se passera rien. Je ne ressens plus rien.

Elle s'écroule.

Sabine s'est finalement couchée à côté d'elle et elle, elle se dégoûte, l'insensibilité d'un glaçon, qui ne mouille plus, une vulgaire poupée gonflable, voilà ce qu'on devient à s'enfiler des wagons de pilules pour anesthésier ses phobies.

Au petit jour, elle se réveille en sursaut, ça ne lui était plus arrivé depuis qu'elle est à Thau. Sa sueur a imprégné les draps. Elle frissonne, manque d'air. Les gamins sont encore revenus, ils la hantent souvent quand elle a trop bu. Elle ne se rendormira pas, alors elle se lève sur la pointe des pieds, abandonne Sabine et s'en va. Elle erre dans les ruelles de Mèze, entre les façades sombres et le ciel clair. Les étoiles et la voie lactée se retirent.

Dans les draps froissés qui sentent encore sa jeune amante envolée, Sabine est restée prostrée sur sa frustration, la main entre les cuisses, toujours dos à la place qu'occupait Sonja, dont elle perçoit encore la respiration. Ses doigts, sa bouche, son nez portent l'odeur de son sexe. Et Sabine se lèche, je suis malade, se sniffe pour capter les dernières fragrances enivrantes, le sucre, le musc et le poivre emmêlés, elle voudrait que les molécules s'accrochent pour toujours à ses narines, comme avec Zina et sa peau mate, Zina et ses cheveux crépus, Zina qui la chevauchait et frottait sa chatte chaude et ruisselante sur son visage et l'imprégnait ; l'extase est la même, l'obsession ne retombera pas, elle n'a jamais su la mater. Elle ne veut pas l'éteindre. Elle veut revoir Sonja, la toucher, elle se tourne dans son lit, s'enroule dans les draps qui embaument, comment s'en passer, elle veut la caresser, maintenant, ce serait incroyable, la tête hors de l'oreiller, Sonja est revenue, l'étreinte reprend, les mains glissent et fouillent et si ce n'est pas maintenant alors le plus tôt, ça doit recommencer.

Sabine gémit.

Elle revoit la silhouette sortir du lit dans l'obscurité, les fesses où elle pourrait s'enfouir, chercher un expédient ne servirait à rien. Une autre femme, un homme, les deux, deux femmes, à l'époque où elle pensait que plus elle s'enverrait en l'air plus elle oublierait Zina, c'était sa période Sorbonne et cours de théâtre, les années où elle croyait tout possible, le nez dans la poudre, Sabine avait cherché en vain à noyer la même obsession d'un corps dans d'autres corps, elle n'avait réussi qu'à renforcer la dictature de celui qui l'enfiévrait – ce corps par lequel elle avait découvert l'amour de même sexe et son goût irremplaçable.

Des années plus tard, le même goût se réveille, c'est une déflagration.

Elle voit sa vie, ses résignations et tous ses renoncements, tu n'as pas été comédienne, tu n'as pas été prof, tu n'as pas fondé de famille, tu ne bénéficies d'aucune reconnaissance sociale, caissière, peut-on aller plus bas, elle s'en moque, enfin, elle le croit parce qu'elle a le soleil et ses bouquins et voilà qu'un simple corps humain replace son existence sur l'échelle des exigences charnelles.

11

Appuyé au chambranle de la porte de son atelier par laquelle l'aube s'est invitée, Pierre porte la bouteille de Jack Daniel's à ses lèvres, en ôte le bouchon avec les dents, le souffle et boit quelques gorgées – l'euphorie risque de retomber, le Jack, c'est juste pour atténuer la descente, depuis qu'il est entré en peinture, son besoin d'expression l'entraîne au-delà de son imaginaire alors gare aux vertiges. Il a le visage froissé d'une nouvelle nuit sans sommeil, les mains et les avant-bras peinturlurés. Pollock, pense-t-il, serait fier de toi. Il redevient créatif.

Grâce à.

Qui d'autre ?

Sa muse est en train de traverser Mèze, seule et déboussolée. Le jour point. Les premières lueurs dans l'humidité qui monte de l'étang lui rappellent l'aurore californienne, c'est une maladie – incurable, il a pourtant essayé. Depuis 26 ans, pas un jour ne passe, qu'il le veuille ou non, sans qu'une ambiance, un son, une lumière, un souvenir conscient ou suggéré, lui remémorent le 8 août 1984 – même quand il a passé la nuit à peindre et fantasmer, possédé par une femme qui le ranime.

Une malédiction, Pierre.

Et tu l'as su dès les premières secondes.

En l'air, après les heures de concours dans la moiteur de Los Angeles, après la partie de bluff avec les concurrents américains et son pote Thierry, la barre franchie à 5,75 mètres, le temps s'était arrêté ; plus longtemps qu'à l'habitude. C'est fait, avait-il pensé – pour que ça n'arrive pas, il fallait que l'Américain égale son propre record à 5,80 m, en fin de compétition, dans une finale olympique, une chance sur mille.

Et dans la redescente, sous la barre qui s'éloigne, cette certitude : j'ai tout. Je vole, je plane, je crie, j'ai gagné, je suis champion – à 22 ans, la vie ne faisait que commencer.

Il aurait dû bomber le torse, dominer le monde, sauter toujours plus haut. Il est devenu fragile.

Tu l'as vite expliqué, d'ailleurs. Cinq semaines après ce sacre fou, alors que tu avais disparu dans ton antre du Péage-de-Roussillon, fuyant les honneurs, les engagements en meeting, la scène médiatique, parce que tu refusais de monnayer ton titre qui valait plus que tous ces dollars, disais-tu, déclinant même la simple idée d'une photo de toi triomphant la médaille à bout de bras de peur d'y laisser ta personnalité, dans la presse, tu affirmais, justement, une médaille, lorsqu'on la passe autour du cou, ça pèse un certain poids ; un poids psychologique. Il y a un mois, j'étais Pierre, un point c'est tout. Maintenant, je représente LE champion olympique, et on attend que je me comporte comme tel. Moi, je veux juste continuer à être Pierre.

Il y avait distorsion entre le rêve du gosse surdoué et insouciant, parce que tu n'étais qu'un gosse, et la réalité du champion que tu étais devenu sans vraiment t'en rendre compte – une question permanente d'identité. Cette lucidité, cette franchise, cette position libertaire, que jamais tu ne perdrais, n'étaient pas en accord avec ton milieu. Elles venaient de naître et ce n'était pas la naissance attendue.

Elles allaient te détruire.

Toi, désormais, déjà, le marginal.

Depuis.

Depuis, quoi ?

La sueur a collé ses boucles grisonnantes.

Pierre laisse tomber la bouteille, qui s'avachit dans l'herbe. Il se passe une main sur le torse nu, moucheté de petites taches colorées, se revoit dans la chambre d'appel, méchant, visage dur – la compétition est un combat. Puis en bout de piste, perche dans les mains pleines de magnésie, entouré des quatre-vingt mille spectateurs qu'il n'entend plus, prêt pour sa course d'élan, relâché comme toujours, je vais vous crever, tous. Le premier saut raté à 5,45 et puis ça passe, l'échec à 5,65 quand les autres ont franchi 5,60. Il faut inverser la pression, coup de poker, tu passes à 5,70 au premier essai, et puis la banderille à 5,75. Le menton trop près de la barre, tu le relèves, une fraction de seconde, ouf, tu passes, c'est gagné – normalement, c'est gagné. Tully, l'Américain, manque bien ses trois tentatives à 5,80 m. Le rêve se réalise.

Et le rêve déjà se termine. Dès le podium, l'interrogation te ronge. Dans la Cadillac qui te ramène sur les hauteurs de Beverly Hills, c'est le vide. Comme tu le formuleras des années plus tard, autre chose a commencé (mais tu vas t'entêter).

Tu rentres en France et tu préviens : la réflexion sera ma porte de sortie.

La réflexion – quel drôle d'oiseau.

Pour quel monde es-tu réellement fait, Pierre ?

Avant de rencontrer Sonja, il aurait répondu un autre, convaincu que ce serait une délivrance, il se sent prêt. Il s'est éloigné. De l'athlétisme, depuis longtemps. De Patricia, qui pourtant ne l'a jamais abandonné. De ses fils. Il les aime mais se sent mort face à leur vitalité et leurs espoirs, Nicolas a l'âge qui était le sien en 84.

Loin du reste du monde, sans chercher à dissimuler son vague à l'âme, Pierre s'enfonce, ça se sait, certains disent c'était écrit. Peut-être l'était-ce.

Et puis, samedi dernier, les cheveux de feu sur le parking, un embrasement.

L'occasion de tout relancer, se dit Pierre devant l'amerrissage d'une aigrette. Ou bien tu éteins tout.

Tu verras bien ce soir.

12

Hier, un camarade est tombé. Dans la vallée de Tagab, en Kapisa, Sonja l'a entendu à la radio ce matin, sur la route du supermarché ; Tagab, un lit de verdure, comme une mer de végétation entouré de rocaille. Ce mort est le quarante-quatrième soldat français tué depuis le début de l'intervention. Un parachutiste, tir indirect à l'arme légère, pas de bol. Malgré le transfert à Kaboul en hélico, il y est resté. Au nom de quoi ? Le journal qu'elle feuillette à l'espace presse du centre commercial publie évidemment l'hommage du secrétaire d'État à la Défense, c'est rituel. C'est pipeau. D'autant plus intolérable à lire, à réentendre, que Sonja a cru, un temps, à ces bobards. Mais elle ne peut se retenir. Elle lit. Et s'agace.

« ... Notre frère d'armes était un combattant de la liberté, de ceux qui ont choisi de dire non au terrorisme et de donner leur vie pour cet idéal. »

« Il entre dans la cohorte glorieuse des héros, qui ont payé le prix du sang pour que vive la France... »

Et, hop, une Légion d'honneur post-mortem de plus.

Qui ce jeu de scène dupe-t-il encore ? Certainement pas la famille.

Après la nuit qu'elle vient de passer, cette nuit ratée, humiliante, elle a les yeux qui raclent le sol et les paupières qui collent, de l'alcool encore dans les veines, elle a les boules, Sonja, la rage d'avoir été un automate en uniforme et de l'être encore dans sa blouse blanche, les petites gens dont elle fait partie et dont faisait partie ce soldat, les petites gens qui l'entourent là, dans ce magasin, tous porte-monnaie et porte-flingue des cravatés de la haute, se font baiser et personne ne se révolte.

Sous l'air vicié de la climatisation, elle tire sa palette. C'est samedi, il faut du rendement, grouille-toi pour le réassort, Sonja, le chiffre doit dépasser celui de l'année dernière. Mais la croissance peut bien attendre quelques minutes.

– Vous votez pour qui ? demande-t-elle aux clients du rayon confiture, miel, sucre et compote qui ne réagissent pas.

– Vous votez pour qui ? insiste Sonja. Vous pensez quoi de la guerre en Afghanistan ?

Les gens se détournent.

– Allez, répondez. Quand les politiques décident d'une intervention militaire, l'armée s'exécute, donc votre vote a des conséquences. Un soldat français est mort en Kapisa, hier, ça ne vous fait rien ?

– Ça suffit, dit un homme pendant qu'une femme soupire. On fait nos courses, là.

Un gamin dévisage Sonja, c'est une folle ?

Un jeune couple pouffe.

Leur indifférence.

– L'engagement militaire de la France en Afghanistan, ça ne compte pas pour vous ? s'entête Sonja.

Tous lui tournent le dos maintenant. Ils bougonnent, qui c'est cette dingue, on ne peut plus aller au supermarché tranquille ; et les militaires, hein, ils savent bien ce qu'ils font quand ils signent, les militaires, pour être payés par nos impôts, et après ils se plaignent.

Elle explose.

Elle saisit le bras de la femme qui a parlé la dernière.

– Madame, vous avez déjà vu un mort ?

La femme se dégage, mais Sonja la pourchasse.

– C'est froid, un mort, un peu jaune ou gris, les tissus pétrifiés mais on peut encore imaginer qu'un esprit a habité le corps, n'est-ce pas, on peut le revoir vivre, on peut surmonter la tristesse.

Pour lui échapper, la femme recule, empêtrée avec son caddie, elle cogne les étalages, un pot de confiture tombe et se fracasse au sol. Sonja l'accule – mais arrêtez ! Les autres clients s'écartent, fuient le rayon, on se bouscule. Le ton monte.
– Et un accidenté de la route, invective Sonja, vous avez déjà vu un accidenté de la route ?
– Vous arrêtez maintenant ! crie la femme pour se défendre.
– Le visage écrabouillé, poursuit Sonja, qui ne lâche pas sa proie, les os de la jambe apparents, les chairs entaillées...
Un type l'attrape alors par les épaules, mais elle s'en libère, oublie la femme et le prend pour cible.
– Et un soldat qui a sauté sur une mine ? lui hurle-t-elle. Hein, le corps d'une gamine soufflée par une bombe artisanale, désarticulée ?
Il se protège, tend les mains. Sonja hurle vraiment.
– ... Tu vois ou pas l'allure que ça peut avoir ? Multiplie l'accidenté de la route par vingt, tu seras encore loin du compte ! Eh oui, c'est ça, la guerre contre le terrorisme et toutes leurs conneries... Et vous...
Un attroupement s'est formé en bout d'allée, Sonja seule, les pieds dans la confiture, elle est rouge de colère, de honte et répète maintenant à mi-voix et vous, putain, vous n'avez pas idée de ce que c'est, non, pas la moindre idée et en plus vous vous en foutez. Tout le monde est ahuri, gêné, voudrait ne pas assister à ce spectacle ; elle est paumée cette fille, il faudrait l'enfermer.
Le manager du magasin accompagné d'un sbire de la sécurité débarque au pas de course – qu'est-ce qui lui prend à la manut', elle veut torpiller le business ? Le vigile ceinture Sonja, la soulève et l'embarque, elle ne se débat pas. Le manager s'excuse, rattrape les clients, qui s'en allaient, tête basse, vous me demanderez au moment de passer en caisse, on fera un geste, ne vous inquiétez pas.

Le commerce peut reprendre.

Sonja a prétexté les toilettes pour s'exiler.
Elle est cataloguée, maintenant, c'est sûr, l'hystérique qui s'attaque aux clients. Ils vont la sanctionner. La virer. Comme à chaque fois.
Infirmière, pourtant, elle se donnait aux autres, confiante en l'espèce humaine, au chevet de « ses » petites gens vulnérables, si attachantes à se dévaluer sans cesse face au corps médical, à sa stature et ses tournures de phrase. Elle était leur appui. Ici, elle les a en aversion. Ils, tous, l'insupportent à faire la queue avant l'ouverture, à chasser les promotions, à pousser leurs caddies en traînant des pieds, à parler de la météo avec le boucher, parler de la météo et du journal de 13 heures avec le poissonnier, parler de la météo, des vacanciers et de la crise avec le fromager, à manger de la merde et à s'en satisfaire parce que c'est pas cher, il y a la guerre ici et là, certains de vos enfants y meurent, complètement ou à moitié, tous reviendront amochés, mais l'important c'est le pouvoir d'achat, l'état du ciel et *Télé 7 Jours*, bande de demeurés. On nous envoie au casse-pipe et vous, vous laissez faire parce que ça ne vous concerne pas. Mais on en crève, regardez-moi.
Depuis les bières et les mojitos, c'est la déconfiture, Sonja.
Elle lève un regard las sur la porte des toilettes, contre laquelle on tape depuis quelques minutes. Même ces coups la renvoient à Kaboul. Dans la résidence qui jouxte l'hôpital militaire français, dans l'enceinte de la base, on toque aux portes des chambres pour mobiliser tout le personnel quand il faut faire face à un afflux saturant de blessés – on appelle ça un plan Mascal, acronyme euphémique pour *mass casualties* en anglais...
– Sonja ?

Elle se souvient de cet Afghan, un civil d'une trentaine d'années, au milieu d'un arrivage massif de corps ensanglantés. Un code Alpha, l'extrême urgence qui se compte en minutes. C'est lui qui avait explosé sur l'IED, il n'avait plus de pieds, plus de tibias, ou des morceaux seulement, plus de mains, les parties génitales en lambeaux, l'abdomen perforé de trous aussi gros que son poing, tellement choqué qu'il n'arrivait plus à communiquer. L'anatomie humaine entièrement remise en question. Les angles, les attaches, les volumes, les couleurs, les odeurs, tout est à revoir. Les corps sont éventrés, éviscérés, des membres et des têtes emportés manquent, ce qui était plein peut être vide, ce qui était tenu peut pendre, ce qui était limité dans l'espace n'a plus de forme. Et toi, personnel médical, tu vois, tu touches, tu sens. Ça pue. Et tu dois faire comme si c'était normal, comme si la médecine, de sang-froid, pouvait répondre à ce désordre et le réparer, la technique accomplit des miracles ; comme si tu savais gérer mais tu n'as jamais appris, personne ne peut s'y préparer, chez nous, de telles horreurs n'existent pas, alors tu t'affaires en chialant intérieurement et le soir venu tu boiras. Tu fumeras. La guerre est sous ton nez. Pas celle qu'on te raconte en costume ou en tailleur à travers un écran de télévision, la vraie, qui empeste les boyaux, la peau et les poils grillés, refoule la peur quand le blessé vit encore, mais pour combien de temps et dans quel état, les fluides, tous, dégoulinent, suintent, tu as les mains dedans, tout te salit et t'envahit et c'est quotidien. Tu dors avec. La douce houle de la Méditerranée ne te berce plus et ne te bercera jamais plus. Au retour, tout ce qui te rendait heureuse n'a plus le même effet.

Comment revivre avec les autres comme si de rien n'était ?
– Sonja !
Il n'y a aucun sas. Ni à l'aller ni au retour.
– Son-ja !

Assise sur le rabat de la cuvette, elle voit le contreplaqué mélaminé trembler sous les coups répétés, elle a reconnu la voix de Sabine.
– Sonja, ça fait trois quarts d'heure que tu es enfermée, tout le monde gueule, tu vas vraiment avoir des ennuis.
Et alors ? S'ils sont assez stupides pour ne pas comprendre. Elle hésite à pleurer. Mais elle est calme, les Lexomil doivent l'aider. Elle voudrait que la quiétude l'emporte.
– Sonja !
Tiens, le directeur du magasin a fait son apparition dans les toilettes des femmes.
– Sonja, répète-t-il, nous sommes samedi, inutile de vous faire un dessin sur les enjeux d'une telle journée et sur le bordel que vous avez déclenché alors maintenant vous dégagez, rendez-vous lundi matin à 8h30 dans le bureau du big boss ! Et Sabine, reprenez votre poste ou je vous décompte cette pause exceptionnelle de votre prochaine paye. Allez ! Les clients n'attendent pas.
La porte des toilettes claque.
– Tu as entendu ? dit enfin Sonja. Tu ferais mieux de retourner bosser.
Estomaquée, Sabine voudrait protester, Sonja la coupe, elle va se débrouiller.
– Je veux juste être seule, murmure-t-elle.

13

Pourquoi ses mains sont-elles moites à en imprégner le volant ?

Pierre, tu as été le premier perchiste de l'histoire à tenter une barre à six mètres, tu as battu un record du monde, tu as remporté l'or olympique, tu as concouru devant des dizaines de milliers de spectateurs, la peur de ne pas réussir ne t'a jamais paralysé, sans doute l'âge, expliquais-tu, hermétique à toute pression, ou bien elle te transcendait. Tu sautais avec la fougue, un peu chien fou. Alors ?

Sonja est en retard.

Les minutes passent, les autres employés sortent, le pouls de Pierre cavale, trop perceptible, dans son cou, dans sa poitrine, au poignet, qui martèle son stress, respiration saccadée, le parking se vide, il ne reste quasiment aucune voiture, les lampadaires oscillent sous des bourrasques passagères. Elle l'a oublié.

Pierre démarre la vieille Alfa Romeo – cette fille est un mirage, oublie-la, reprends ta vie monacale et, il déglutit, ton autre projet. Le V8 ronfle. Pierre passe la première, balaie une dernière fois l'esplanade déserte. Là-bas.

Il l'aperçoit.

Soulagé – oui, soulagé, il préfère ce projet-là, c'est humain.

Sonja est accompagnée d'une grande brune, la femme assise à côté d'elle hier soir, avec qui Abbes fumait quand il a quitté le bar. Elles se dirigent vers une Twingo cabossée. Il pourrait se rapprocher, au pas, la héler, Sonja ! Et si elle ne voulait plus le voir ? Elles montent toutes les deux dans la voiture. Pierre décide de les suivre.

Il a stoppé l'Alfa Roméo légèrement en retrait. Après avoir traversé Mèze, la brune a déposé Sonja au niveau d'un parking en terre donnant sur l'étang et Sonja vient d'ouvrir un van Volkswagen fatigué. On dirait un camping-car. Pierre l'observe quelques instants fouiller dans le coffre. Puis il se gare définitivement.

Quand il approche du van, en le longeant depuis l'arrière, Sonja est assise à l'avant, face à l'étang, et regarde un écran posé sur ses genoux. Pierre croit distinguer une femme et un enfant en bas âge sur une plage, la mer en fond, comme une vidéo de vacances. Je suis un intrus, pense-t-il. Il recule. Il ne veut pas être voyeur, cette fille a ses mystères comme lui a les siens, ce ne sont pas tes affaires, recule, pars, laisse-la. Mais Sonja le voit faire demi-tour dans le rétroviseur. Elle rabat violemment l'écran, va pour ouvrir la portière, s'arrête, se mord les lèvres. Est-elle prête à se dévoiler ?

Elle ouvre la portière. Pierre l'entend, il continue d'avancer, de dos, en direction de sa voiture et se courbe, tout en psalmodiant des excuses à voix basse, comme s'il allait recevoir un seau d'invectives. Les pas se rapprochent.

– Vous avez vu quoi ? demande-t-elle.

Il déteste être intrusif. Elle insiste :

– Pierre, qu'avez-vous vu ?

Il s'est arrêté mais ne s'est pas encore retourné, il se sent mal, idiot, niais, pourquoi ai-je réservé une table, mis ce polo, l'ai-je suivie, j'ai presque cinquante ans, il se tourne enfin.

– Je n'ai rien vu, ment-il, ça ne me regarde pas de toute façon.

Mais dans sa tête : c'était vous ? Et cet enfant, c'est le vôtre ? Et il se dit, cette fille est une femme. Il aime cette idée, qu'elle soit femme, sentir le vécu plus que la jeunesse, il craignait la différence d'âge.

– Pourquoi êtes-vous venu jusque-là ? interroge-t-elle encore.
– On avait rendez-vous, vous vous souvenez ?
Silence.
– Vous ne voulez plus ?
– Si. Emmenez-moi au bord de la mer.

Dans l'Alfa rouge, entre, à sa droite, la garrigue et les vignobles de Picpoul, des tresses sur la terre sèche, et l'étang de l'autre côté, Sonja aspire au grand air, aux perspectives. La vitre baissée, elle prend le vent, sort son bras, sa main vole, monte, résiste puis redescend, elle aperçoit par instants, au loin, les hauteurs des Cévennes qui défient le ciel mordoré de fin de journée, le fracas sauvage des vagues l'appelle, aujourd'hui l'étang est trop clos, il la sclérose, vite le bleu et des voiles au large, pour rêver, vite l'écume, vite le sable, le sable doré de la plage, pas celui de... non, pas celui-là, oublie cette poussière, est-ce que Pierre veut bien accélérer ? Il obtempère, le pied lourd sur l'accélérateur. Le moteur gronde, rauque, et les colle à leurs sièges. Pierre sourit, la vitesse l'a toujours grisée. Ce soir, Sonja assise à son côté, il conserve toutes ses chances – le compétiteur renaît. Profil doux, bronzé, concentré, sous le regard de la belle. Ses yeux bleu azur donnent une vie permanente à son visage, voilà pourquoi Sonja n'a pas hésité à s'installer dans son bolide. Pierre semble au bord d'un éternel sourire farceur. Elle l'imagine gamin espiègle et inévitablement elle pense à Thibaut. Elle en sourit une fraction de seconde puis chasse l'image.

Sur la plage, assise en tailleur à quelques mètres de l'eau qui monte parfois jusqu'à lui lécher les orteils, Sonja dit à Pierre, j'ai volontairement ignoré notre rendez-vous, j'ai voulu vous blesser – c'est elle-même en réalité qu'elle visait. Pierre étouffe un rire incrédule, secoue la tête. Il cherche à la

comprendre, ses yeux le disent, qui clignent et fouillent la Méditerranée ; au départ, tout le monde cherche. Mais elle a voulu le faire souffrir et n'a pas d'explication sensée à donner, Pierre est la première personne à qui elle ose l'avouer. Depuis l'Afghanistan, qui l'aime doit le payer.
– Sonja, que vous est-il arrivé ?
– Je me suis suicidée.
– Ah, vous aussi ?
Elle le dévisage, interloquée. Lui rit, triture des coquillages, un bâton brûlé. Il poursuit, les mains dans le sable.
– Ce n'est pas une raison pour vous faire tant de mal. Mais quand on est tordu, c'est vrai, on ne choisit pas.
– Vous êtes tordu, vous, Pierre ?
– Je ne sais pas... Peut-être. Peut-être bien, oui...
Sonja s'allonge. Ferme les yeux. Les vagues éclatent, elle s'abandonne. Pierre pourrait la toucher, elle est à portée de ses doigts, ses rondeurs, là, sa blancheur, il pourrait, son corps exerce un pouvoir d'attraction irrésistible, mais il préfère trouver des raisons de repousser cette envie qui le déborde, c'est trop tôt pour un contact physique, beaucoup trop tôt, il ne sait plus s'y prendre de toute façon, alors il remplit, oui c'est ça qu'il fait depuis qu'ils ont quitté la voiture, il remplit l'espace de paroles et d'interrogations. Il reprend donc :
– Le petit Combi où je vous ai trouvée, c'est votre maison, n'est-ce pas ?
Elle fait oui de la tête.
– Depuis... longtemps ?
– Quelques mois.
– Alors vous avez tout quitté.
Il en siffle, le regard sur l'horizon, là où mer et ciel, à cette heure tardive, commencent à se confondre, et sa parole, soudain, s'éteint. Il pense, et ça le glace, cet abandon est inutile. Il faut trouver un autre moyen de court-circuiter les souvenirs. Il a

essayé, lui, maintes fois de se construire un nouvel imaginaire, je tire un trait, je suis un homme neuf, je débute une nouvelle vie, de Paris à Bordeaux, puis à nouveau Paris, par intermittence, et puis Sète, les perches enfin rangées. Pour retrouver un futur. Mais le passé colle. Le passé poursuit. Le cerveau vous domine, sournois, il impose ses questions, c'est-à-dire qu'il veut, donc on veut sans cesse retourner en arrière pour comparer, c'est mécanique. Usant, puis invivable. Qui étais-je, qui suis-je devenu, on pèse et le gagnant est ? Pourtant, les repères ont changé. Ils devraient avoir changé, je suis heureux comme ça, n'est-ce pas ? Si, pourquoi douter, je le suis. Mais au fond peut-être pas – et l'incertitude tue à petit feu.

Non, ce qu'il faut, croit savoir Pierre, c'est digérer. Absorbé par son raisonnement, il ignore Sonja, belle, étendue, et les mouettes qui se bagarrent sous leurs yeux pour un os de seiche. Mais personne ne donne la recette. Pour digérer l'ascension. Puis digérer le basculement, les attentes, la dégringolade, l'entêtement, les blessures et ce corps, ta cuisse, ta cheville, ton épaule, que tu finis par haïr parce qu'ils disent merde à ta place ; pour digérer les désillusions, la pire, pas de JO en 88, les instances t'ont préféré un jeune, pourquoi pas, dis-tu fair-play, dommage tu ne défendras pas ton titre, au fond tu enrages, tu en oublies momentanément ton fils et ta femme, le bonheur qu'ils te donnent tellement tu te sens lâché, si seul alors qu'hier la foule t'acclamait, personne ne t'a proposé de boulot, pourtant tu ne demandais que ça, un travail pour assurer l'avenir et pouvoir te concentrer, de nouveau insouciant, sur ce que tu aimes par-dessus tout, ce qui te porte, sauter, mais rien n'est venu (tu finiras par en trouver un, seul) et les lâchages se sont multipliés. Tu les as d'abord comptés sur les doigts d'une main puis sur les deux, puis... la dégringolade encore plus bas. Tu es l'ombre du champion que tu as été, 5,30 mètres, un saut d'échauffement quand tu étais sur ton nuage, est devenu ton plafond – quelle image pitoyable quand tu y repenses. Tout ça pour une poignée de secondes d'une puissance inégalée, un implant qui te réoriente dès que tu te libères.

Il y a dix-sept ans, neuf années après ton sacre, Pierre, c'était réfléchi, tu arrêtais la perche pour reprendre une rôtisserie sur un parking de centre commercial, à Balaruc-les-Bains, trou perdu de la côte héraultaise, tu n'avais pas trente-deux ans – le microcosme bruissa, que fait-il, il se saborde ? Par misérabilisme, on s'intéressa de nouveau à toi, les médias les premiers, mais un champion olympique qui suit une trajectoire paradoxale, il n'y a pas de quoi en faire un fromage, répondais-tu pour qu'on te foute la paix. Vous m'entendez ? Je suis content de mon sort. Ici, sur les rives de l'étang de Thau, personne ne savait qui tu étais, à quelques exceptions près. Dont toi...

Ton pire ennemi.

Sonja s'est redressée, Pierre les yeux dans le flou, depuis hier soir, une question la démange.

– Pierre, lui demande-t-elle sans savoir qu'elle va le poignarder, pourquoi Abbes vous a-t-il appelé champion en vous saluant, dans le bar ?

– Champion ?

Il bégaye. Elle le prend de court.

Elle va réagir comme tous les autres.

Puis il ne voulait pas commencer par...

– Il a vraiment dit ça ? tente-t-il pour gagner quelques secondes.

– Oui. Il l'a dit.

Piégé, Pierre.

– Parce que j'ai été champion, concède-t-il.

– Champion. En sport ?

– Oui, en sport. En saut à la perche. Champion olympique.

Il garde le regard sur l'eau, il sait. Il peut décrire avec précision l'expression de Sonja, à cet instant, tout le monde a la même : yeux écarquillés, la bouche béante de surprise et d'admiration instantanée, mais vous êtes un héros, et les questions se bousculent, c'était quand ? C'était bien ? Ça doit être magique, allez, racontez, le concours, votre carrière, lui n'existe plus, le quart de siècle qui a suivi non plus, le revoilà téléporté le 8 août 1984 et dans ces années quatre-vingt, réduit aux fantasmes que les deux mots champion et olympique associés suscitent – champion olympique, quel pied, la célébrité, la domination, la gloire, la télé, l'argent, tout ; le décor bien à l'endroit. Puis immédiatement après vient la confrontation avec le réel, les poulets qui rôtissent, les regards perplexes, mais alors qu'est-ce que vous faites là ? Aussi, dit-il, s'il te plaît Sonja, ne me regarde pas différemment, je suis Pierre et seulement Pierre. Pour la première fois, il l'a tutoyée.

– Ce que j'aimais, poursuit-il, c'était voler. Le reste...

Sonja le dévisage. Elle n'a ni les yeux écarquillés ni la bouche bée, elle plisse juste le regard à la recherche du garnement qui a perdu son air canaille et pense à cet instant, rien, pas même une médaille, fût-elle en or et olympique, ne pouvait valoir la seconde d'éternité dans les airs.

Sa plus belle réussite gît au fond d'un tiroir.

– Le reste ? le relance Sonja.

– Le reste... reprend-il.

Il ne finit pas sa phrase et se lève.

– Viens, dit-il en lui tendant la main. Je t'emmène autre part.

En voiture, encore électrisés par le bref contact qui a uni leurs doigts, ils longent la mer et les plages puis bifurquent vers la corniche pour contourner le mont Saint-Clair par le versant sud, côté Méditerranée, qui mène à la jetée et au centre-ville. Rapidement, Pierre tourne à gauche. Encore un virage, à droite.

Il stoppe le véhicule devant une grille. De la boîte à gants, il sort un trousseau de clés.

Ouvre la grille, les voilà sur un stade.

La piste rouge en tartan, les couloirs, leurs lignes blanches, les gradins, le terrain central, les aires de lancer et les aires de saut, les haies rangées le long de la main courante. Et le sautoir.

– Un stade vide, dit-il, même un petit stade comme celui-ci, je m'y suis toujours bien senti. Peut-être parce qu'un athlète passe beaucoup plus de temps à s'entraîner dans une enceinte sans spectateurs qu'en représentation face à des tribunes pleines.

Il sourit à Sonja.

– C'est chez moi, ajoute-t-il. Et ça le restera.

Il s'avance vers le sautoir. Elle le suit, voit les poteaux, immenses, c'est à combien là-haut ?

– Au moins six mètres.

– Tu allais si haut ?

Le sport, elle n'y connaît rien.

– J'ai établi mon record à 5,90 mètres le 16 juillet 1985, à Nice. Mon dernier saut vraiment réussi...

L'époque où il croyait encore possible de contester la domination inéluctable de Sergueï Bubka, trois jours après que ce salaud eût franchi, pour la première fois de l'histoire de l'athlétisme, une barre à six mètres. Pierre, il était pour toi cet exploit.

– Ça représente combien d'étages, 5,90 mètres ? l'interrompt Sonja – ils se sont assis au bord du matelas.

– Deux, quasiment.

La vache.

– Et là-haut, c'est comment ?

– Fou.

Le mot a jailli. Juste. Qui ouvre sur l'autre monde. Alors Sonja, curieuse, ose, tu veux bien me raconter ? Inouï, elle ne s'intéressait plus à rien. Et Pierre veut bien. Au contraire des paillettes, les sensations, il ne s'en est jamais lassé.

S'envoyer en l'air, commence-t-il alors en se replongeant, c'est assez dingue, et le voilà qui déroule son rituel, en bout de piste, la perche sur l'épaule, le compte à rebours lancé. Le saut, explique-t-il à Sonja, vient après l'ultime inspection du réglage des poteaux et de la barre, après l'enregistrement des dernières consignes du coach ; puis après la course d'élan, une quarantaine de mètres à parcourir au sprint, la perche de cinq mètres et quatre kilos portée à la force des bras, des épaules, du dos, des abdos, c'est déjà un jeu d'équilibre, Pierre se prenait souvent pour un chevalier en tournoi, lance armée pour dézinguer ses rivaux, un gamin, toujours, mais le jeu a ses règles, les appuis millimétrés, le nombre de foulées comptées à respecter, c'est ça ou, à cinquante centimètres près, tu te prends la perche en pleine figure au moment d'impulser, oui, tu t'embroches alors, au point de passage de 17,20 mètres, à pleine vitesse, quasiment 30 km/h, il analysait ce qui pouvait clocher pour rectifier le tir, la longueur de ses dernières foulées par exemple. Ensuite, il fallait planter juste et plier la perche en lui transmettant vitesse et énergie, bras tendu, corps gainé comme un tronc d'arbre pour que la perche absorbe avant de renvoyer, toute l'importance du bras gauche, le bras directeur, qui place la perche dans le bon axe et à la bonne hauteur. Le saut commence, le perchiste focalisé sur les perceptions qui seules comptent désormais, les angles, les tensions, les leviers, les directions, on ne voit plus rien, on quitte le sol soulevé par une force inimaginable, un boulet de canon qui pénètre le monde des airs, et ce sont les jointures qui doivent résister, supporter les forces, les poignets, les coudes, les épaules, le bassin, toutes fibres musculaires bandées mais souples pour faire basculer les membres inférieurs vers l'avant, il y a comme un trou noir, l'instinct maintenant pilote, la barre est un cap à tenir, les pieds, en pointe, montent, prennent la direction des opérations, du bout des doigts, on tient la perche pour une fraction de seconde encore, c'est la dernière chance de réajuster la trajectoire, des millimètres peuvent hypothéquer l'esquive, le corps pivote sans plus aucun appui dans une inconcevable dextérité aérienne, la perche est lâchée, il vrille, on se jette dans le ciel, on va se retrouver le nez sur la barre sans même avoir eu le temps d'apercevoir l'avion ou l'oiseau qui nous survolaient, on est juste au-dessus d'elle, on la frôle, on ralentit déjà. C'est l'instant fou. La seconde et demie en suspension avant que tout, d'un coup, réaccélère en sens inverse sous l'effet de la gravité, qui impose aux pieds de déjà redescendre vers la terre ferme, entraînant dans leur chute les jambes, le buste, les fesses, la tête qui bascule en arrière comme celle d'un nourrisson le cou insuffisamment musclé et, pour finir, les bras. Avant ce retour à la réalité, là-haut, tu es libre, totalement – dans l'air. Tu ne voles pas tout à fait parce que tu viens de monter et tu vas vite redescendre mais tu te sens détaché de tout, dans une liberté excessive, une bulle de savon portée par le vent, c'est indescriptible.

Sonja, bouche bée cette fois, voudrait justement qu'il décrive, elle va le lui demander.

Attends, fait-il. L'expérience n'est pas terminée. Une deuxième éternité de plusieurs dixièmes de seconde t'attend, la descente. Et plus tu sautes haut, plus elle dure, plus tu veux sauter haut pour la prolonger, il est là, le moteur, tu y as goûté, tu es accro. Au cours de cette descente, tu reviens lentement au monde, par le son d'abord, l'intensité de la clameur te dit ton éventuel succès, tu peux serrer les poings, déjà crier, tu t'es vu sauter, tu t'es offert ces sensations folles, c'est une première victoire, là, tu te vois encore planer tandis que les couleurs réapparaissent, celle du ciel ou du toit, la lumière des projecteurs, les gradins bariolés, l'ovale rouge de la piste, l'herbe verte en son centre, tu redécouvres la forme du stade, son architecture. La barre, elle, est restée en place, là-haut, elle rétrécit, tu es un vaisseau spatial qui s'éloigne de son point d'envol, le tapis de réception t'attend, mou et râpeux, tu ne distingues pas encore les traits des visages, juste des ronds couleur chair, tu veux déjà remonter, c'est pour ça et uniquement pour ça que tu sautes, le reste...

Pierre n'est jamais vraiment redescendu.

– Le reste ? l'interroge à nouveau Sonja.

– Le reste, ce fut ma perte.

Et il se ferme.

Il ne va pas encore sombrer dans ses lamentations, pas avec elle.

Il voulait la connaître, il n'a fait que parler – les sportifs de haut niveau sont égocentriques, tu le sais bien, Pierre.

En revanche.

En revanche, il pourrait faire bien mieux pour les rapprocher. Il saisit délicatement sa main. Sent une pression en retour, elle répond, son cœur s'emballe.

– J'aimerais te peindre, lui dit-il.

Elle écarquille les yeux.

– Oui, je peins.

14

Sur l'étang, le soleil a fait place au silence. La surface charbon et ses reflets métalliques réfléchissent les premières étoiles, c'est l'heure, à Thau, où les ombres et les formes se brouillent, le chantier, le ponton, le bassin, des masses noires dans la nuit qui tombe. À l'avant de son plan Cornu 49 qui flotte à nouveau depuis le début de l'après-midi, Abbes fume, bras enroulé autour du génois. Il profite du clapot, il a remis les pieds sur l'eau. Dans l'obscurité, le bout de sa cigarette rougeoie. Deux canards passent en rase-motte. Il expulse la fumée. Voilà, se dit-il, dans quelques heures, c'est la fin.

Il va quitter la terre où sont enterrés ses parents.

Son père sans réelle sépulture, perdu dans la garrigue gardoise d'un terrain militaire abandonné, entouré de barbelés rouillés et de dalles de béton envahies par la végétation.

Sa mère, à Béziers, proche de ses frères et sœurs et pas de lui, et si loin de son village.

C'est elle qui l'a réveillé. Un jour, il l'a vue vieille. Au parloir, comme si le plexiglas imposait de dézoomer pour prendre du recul.

Elle devait rester sans âge, elle a souri pour s'excuser, un peu triste, oui, j'ai pris un coup de vieux. Et elle ajoute, avec son accent algérien qui fait fondre Abbes, lui a si vite perdu le sien, elle lui dit, mon fils, tu es encore en prison, quand vas-tu te calmer ? Le regard apitoyé qui l'accable.

Maman, si on n'avait pas bougé, nous les jeunes, avec les grenades et les fusils, on y serait toujours, à Saint-Maurice-l'Ardoise !

Mais Abbes se retient.

Face au visage ridé, il se rend compte. Il n'est plus jeune, il regarde ses mains, leur peau craquelée. On est en 2008.
En 2008.
Le soulèvement, c'était il y a trente-trois ans – un tiers de siècle. Soit une éternité, l'équivalent de deux longues vies de chien. Et il pense, soudain clairvoyant, je viens de passer deux longues vies de chien dans une cavale effrénée pour, et là c'est la gifle, pour finalement rester piégé dans sa vengeance, une colère increvable contre les salauds, tous les salauds, les autorités politiques, les autorités civiles, les autorités militaires, et tous les autres, bien trop nombreux, qui avaient détourné les yeux pour ne pas voir leur chère patrie des droits de l'Homme parquer ses supplétifs dans des camps qui en rappelaient d'autres ; les salauds devaient payer et les salauds, c'était tout le monde finalement, à commencer par les communes alentour qui, tels des pestiférés, avaient refusé dans leur cimetière les défunts venus du camp – son père et tous les autres, enterrés à même la terre, ne méritaient pas cette mort clandestine, chez eux nulle part, ni en Algérie ni en France – mais les salauds, c'était aussi les siens, les pères, les oncles, les cousins, les camarades, leurs femmes et leurs sœurs qui avaient accepté l'enfermement, la condition de sous-homme, le couvre-feu, les rations de charbon et de savon de Marseille et les sorties soumises à l'autorisation du chef de camp, les prénoms français imposés aux nouveaux-nés, le billet de cinquante francs et la place dans l'autobus les dimanches d'élection, les conserves avariées, les douches réglementées, mais comment avez-vous pu, vous qui aviez mis votre vie et celle des vôtres dans les mains de la France, elle vous crachait à la gueule une seconde fois après l'abandon de 1962 alors que vous aviez combattu pour sa liberté, son égalité et sa fraternité, quelle blague, elle cherchait à vous effacer de son histoire et vous avez laissé faire, dociles comme des animaux de compagnie maltraités, comment avez-vous pu, à

leurs yeux, nous ne valions pas mieux que des bestiaux à la dénomination bâtarde, Français Musulman Rapatrié.

La colère monte, monte, Abbes aperçoit son reflet dans la vitre en plexi, ses rides et plus seulement celles de sa mère, regarde ses mains, regarde sa mère, regarde ses mains, je suis un con, mais merde, calme-toi, et il se revoit, les yeux révulsés, prêt à exploser à coups de crosse les dents du type au guichet s'il ne remplit pas les deux sacs avec les billets comme il vient de le lui ordonner en brandissant son canon scié – l'indigène est en colère, l'indigène se venge, l'indigène se sert, je suis fils de Harki, vous pensez fils de bougnoule ou fils de traître, moi je dis Harki avec un grand H, les traîtres, c'est vous, et ce que vous n'avez pas voulu me donner, je vais le prendre...

Mais oui, sa mère a raison, l'indigène s'est perdu.

– Je t'ai vu grandir, conclut-elle, et puis après...

Après, il y eut quelques beaux braquages et beaucoup de taule.

Beaucoup trop de taule.

Abbes tire une dernière taffe et la souffle sur l'horizon, vers l'ouest. Au-delà du Larzac, des Pyrénées et du pays basque, au-delà de l'Atlantique. Le canon scié est chargé, les cartouches supplémentaires dans sa poche. Il ne devrait pas en avoir besoin. Depuis le 19 juin 1975 et les vingt-quatre heures passées dans la petite mairie de Saint-Laurent-des-Arbres assiégée par les forces de gendarmerie, il avait dix-sept ans, il connaît le pouvoir de persuasion d'une arme à feu pointée sur un innocent.

Il saisit l'arme et sa torche.

Ses mains ne tremblent pas. Elles n'ont jamais tremblé.

15

Sonja a entendu son nom. Elle flotte encore dans les effluves de peinture, dans la chaleur des regards de Pierre, les caresses de son pinceau, elle était nue, offerte sur le canapé, éclairée par un spot – impudique à ce point, tu changes. Une manière de casser le mythe et de s'affranchir, croit-elle. Ton corps n'est qu'un corps.

Pierre n'avait rien demandé. Il souriait, tremblait, un peu perdu, un peu ailleurs ; excité, peut-être, mais rien de sûr. Il était si concentré sur sa peinture, si intense, elle n'osait ni bouger ni sourire, à peine respirer. Puis il a dit, je te remercie, Sonja, je crois avoir fini. Il a lâché son pinceau, qui a heurté le sol. Elle s'est levée, ils se sont rapprochés, elle drapée dans le tissu qu'il avait déposé sur le sofa ; la tentation du sexe, latente. Il suffisait d'un contact charnel, un doigt, une main, la peau et... non, un sexe d'homme, aussi intrusif, en elle, dans cette voie improductive depuis si longtemps, il fallait d'abord en ré-accepter l'idée – poser nue, quelle étape déjà. Elle a préféré demander à voir la toile. Pierre souhaitait apporter quelques finitions, faire sécher, prendre du recul, Sonja l'a donc laissé dans son hangar de pêcheur transformé en atelier, au bord de l'étang, dans la zone d'activité de Balaruc.

Elle voulait marcher.

Elle avance sur le chemin encaissé de l'ancienne voie ferrée. Il fait frais, le soleil à peine levé n'a pas encore pénétré le petit canyon et la terre trop rouge pour lui rappeler l'Afghanistan la protège. Ce matin, elle est heureuse et légère. L'air souffle à nouveau son nom. Plus fort.

Elle s'arrête. Le son vient d'un buisson.

Elle s'approche.

Abbes.
Abbes est là.
À demi couché, la tête sur un sac en toile de jute, rabougri, c'est ça, de moindre dimension et Sonja pense instantanément à ces têtes réduites au bout d'une pique des Indiens Jivaros en Amérique du Sud, d'où sort-elle cette référence ? Non, ce doivent être les ombres, le manque de sommeil, ou alors je rêve, elle cligne mille fois des yeux, c'est bien Abbes ? C'est bien lui qui tend maintenant une main ensanglantée, ce sang gluant comme du blanc d'œuf – et d'autres images s'imposent. Des sons, des odeurs. Forcément des cris, des impacts et des détonations, des ordres, des appels... stop. Elle ferme les yeux pour repousser le cauchemar, sois lucide, ma fille, regarde bien cette terre, tu es chez toi. Mais elle reconnaît la puanteur caractéristique, celle de la peur d'y rester, de pourrir là parce qu'on a pris une balle. Abbes a pris une balle ?
– J'ai merdé, Sonja, parvient-il à articuler.
Elle s'est accroupie. Elle lui passe une main sur le visage, c'est la première fois qu'elle le touche et ce contact n'a rien à voir avec celui qu'elle imaginait avec Pierre quelques minutes plus tôt. Abbes est froid, poisseux, c'est la mauvaise sueur.
– Tu vas m'aider, hein ? murmure-t-il.
– Bien sûr.
Elle le palpe déjà, cherche son pouls. Sa nuque picote, la fatigue envolée, elle voit, tâte, sent, perçoit, aux aguets, elle est en action, sa nature surpasse ses syndromes.
– C'est là, indique-t-il.
Il pointe son flanc gauche, juste au-dessus de la hanche. Autour du trou, les vêtements et les chairs sont noircis, le sang a commencé à cailler. Au centre, un filet, mince, coule encore continuellement. C'est moche. Impossible de lui faire un garrot. Et il lui faut de l'eau.
– Abbes, lève-toi, ordonne Sonja. On se tire.

Elle l'aide à se redresser. Debout, il geint, blême, appuie sur ta plaie, Abbes, lâche ce sac, mais il répond non, cramponné, ça va aller, lui qui ondule habituellement comme un roseau sous le vent, il traîne la patte, zombie estropié et blafard. Sonja le soutient. Elle force l'allure, dit allez, on se grouille, il est encore tôt, un dimanche, personne ne devrait les voir, mais il faudra faire gaffe en traversant le gros rond-point et elle lui en veut – Abbes, tu me tirais hors du trou, le cours des événements s'inverse.

Quand elle frappe à la porte blindée de l'atelier, elle ahane et sue, l'impression d'avoir traîné un de ses camarades blessés sur plusieurs centaines de mètres. Elle est fière. Fière ? Oui, fière de ce sauvetage, j'en ai sauvé au moins un, putain, tiré du champ de bataille et ramené à la base ; pour un peu elle porterait au front sa main toute tremblante d'adrénaline, au son d'une *Marseillaise* imaginaire, l'unité au garde-à-vous derrière elle, retour sous l'uniforme, ce n'est pas une malédiction, c'est... c'est une drogue. Depuis qu'elle a découvert Abbes, Sonja se voit agir par automatisme, frénétique, absorbée, revoilà Pavlov et ses réflexes conditionnés, c'est pour Abbes, se convainc-t-elle. Une dernière fois, pour tout laver. Si je le sauve lui, après...

Il est adossé au mur, en appui sur son épaule, livide, muet. Des sanglots la gagnent. Alors elle frappe encore. Mais Pierre ne répond pas, pourtant sa voiture est là. Elle cogne. Elle hurle. Pierre. Pierre.

Il ouvre enfin. Derrière lui, c'est le noir. Seul le projecteur qui l'illuminait elle tout à l'heure diffuse un trait de lumière tamisée au milieu du hangar. Il sent l'alcool.

– Pierre, putain... soupire-t-elle en l'écartant du chemin.

Elle tire Abbes dans la pénombre, renverse sans le vouloir la bouteille de Jack Daniel's, allonge Abbes sur le sofa où elle posait nue quelques heures plus tôt. Dans l'encadrement de la porte, ébloui par le trop-plein de clarté, Pierre tente de comprendre. Abbes ici, avec Sonja, qui porte Abbes, son pote Abbes, qui boîte et qui gémit, on dirait qu'il saigne.

– De l'eau ! crie-t-elle.

Pierre apporte une bouteille. Sonja fait boire Abbes puis rince la plaie. Elle a besoin de matériel. Pierre, à côté d'elle, s'est ressaisi, les yeux exorbités.

– Pierre, dit-elle – il met un temps avant de quitter le corps d'Abbes. Pierre, je vais prendre votre voiture pour trouver une pharmacie de garde. Pendant ce temps-là, vous lui donnerez régulièrement à boire. Si la plaie se remet à saigner, vous appuyez fort pour comprimer. Essayez de lui trouver quelque chose à manger, sucré, si vous avez ça ici.

Elle se lève.

Il la rattrape par la manche.

– Pourquoi pas l'hôpital ?

– Faites ce que je vous dis. Et buvez de l'eau, vous aussi.

Elle le vouvoie de nouveau.

Elle prend les clés de l'Alfa et file.

Abbes, lui, n'a plus dit un mot depuis le buisson.

16

Abbes râle de temps à autre, les sillons creusés. Il semble assoupi, mais Pierre, et ça le terrifie, lui trouve l'air déjà mort dans ce corps si maigre et pâle, desséché, on dirait une fleur fanée, la peau plaquée sur les os comme si, le terme approchant, l'organisme reprenait de l'intérieur tout ce qu'il avait produit de vie. Pierre se penche. Il a orienté le projecteur de sorte à mieux distinguer ce qu'il devine être une blessure, Sonja ne lui a rien dit, il veut voir.

Il voit.

Un trou, petit, et des chairs brûlées autour. Du sang. Une balle, certainement.

Une balle... Comme dans les films.

L'image, un instant, attendrit Pierre ; Abbes le frondeur. Sa mère, appelée à témoigner lors de son premier procès, le lui avait raconté. Du haut de ses vingt ans, son pote ne s'était pas démonté quand le président du tribunal lui avait dit textuellement, monsieur, vous êtes hors la loi, vous comprenez ? Hors le contrat social défini par la République. Hardi, Abbes avait répondu : « Votre République dont vous êtes si fiers m'a maintenu hors de ses lois pendant quatorze ans, à l'époque, ça ne semblait pas beaucoup la déranger. » La salle avait pouffé.

Mais Pierre perd son sourire en fixant le trou, il n'en avait jamais vu. Et il pense un trou comme celui-là peut causer la mort, l'idée le brusque ; pour peu que le métal brûlant pénètre le cerveau, par exemple, c'est la coupure de courant immédiate, le petit morceau de plomb fore la matière grise, l'instant d'avant, cette matière donnait vie à bien plus que de la matière justement et d'un coup, clac, ce peut être fini... Abbes, tu finiras par y laisser ta peau – mais tu l'as toujours su et ça ne change rien, n'est-ce pas ?

Il frissonne. Comme face à sa propre mort, dans la pénombre de son atelier. Pierre surplombe son ami et son cerveau le devance. Il y a pensé, dernièrement, c'est vrai. Juste pensé – sous ses yeux, Abbes lutte, alors il s'en veut – comme une solution envisageable. Méthodique, se disait-il, pas une pulsion mais une manière réfléchie de mettre un terme. Ce serait le noir complet, plus de vague à l'âme, plus d'attentes, plus de passé, fini les regrets et le tournoiement des pensées qui te bouffent, la dépression qui t'enterre. Une libération. Sous ses yeux, Abbes.

Alors, toujours décidé ?

Il entend son ami souffrir et, soudain, se déteste – petit blanc gâté qui ne se remet pas de sa gloriole rancie ; tu me fais pitié, Pierre, Abbes, lui, quel avenir avait-il ? Quelles possibilités ?

– Pierre, qu'est-ce que tu fais ?

Abbes a rouvert les yeux, Pierre en clé de voûte au-dessus de lui, obsédé par cette plaie, son regard plus juvénile du tout.

– Je divague, répond Pierre.

Il se rassoit au chevet d'Abbes.

– Toi, tu as soif ?

Abbes fait oui de la tête.

Une main à l'arrière du crâne, Pierre le redresse et porte la bouteille à ses lèvres. Abbes boit. Difficilement. Puis il soupire. Il ne ferme pas les yeux mais ne regarde pas Pierre pour autant. Il murmure :

– Tu ne me poses aucune question ?

– Aucune, répond Pierre. Je suppose qu'une partie de la réponse tient dans le sac avec lequel tu es arrivé. Mais je m'en fous.

Il a passé l'âge de le juger.

Abbes tente un sourire. Il gémit, il a froid. Et Pierre le revoit, trente-sept ans plus tôt, lui demander ce que c'est en désignant ses perches, posées devant l'entrée de la maison.

Abbes était encore plus grand que lui. Il était différent des autres enfants du camp. Lui s'approchait. Ne s'excusait pas d'être curieux. Il bravait ce mélange de timidité, de déférence et de honte qui avilissait les adultes et conditionnait leurs enfants pour venir voir, avec ce sourire gêné qu'on pouvait parfois prendre pour de la provocation, vivre le petit Français. Pourquoi Pierre et pas un autre ? Abbes se tenait là, à distance respectable mais pas caché pour autant, au coin d'un baraquement ou d'un bosquet de genêts, à épier Pierre jouer devant chez lui. Il inversait les rôles, à son tour ethnologue, ça avait créé un lien. Par signes d'abord. Pierre qui lève la tête, l'aperçoit et, de la main, lui propose de venir. Découvert, Abbes sourit mais ne bouge pas. Plus tard, parce que Pierre insiste, il finit par faire non de la tête, et puis un jour, il s'avance et s'empare des jouets, ose même quelques bruitages, mais déguerpit dès que les parents de Pierre apparaissent. Les jouets, bien que Pierre en ait eu peu, devaient l'émerveiller.

Au bout de quelques mois, Abbes avait encore inversé les rôles. Le fils de Harki invitait le fils des instituteurs à participer à une partie de football sur le terrain en béton. Il y avait peu de dialogues entre eux, des interrogations de Pierre souvent sans réponse, guère plus. Jusqu'à cette fameuse question sur les perches. Leur amitié avait vraiment pris naissance ce jour-là.

Quand, après la prise d'otage du directeur du camp, le 19 juin 1975 dans la mairie de Saint-Laurent-des-Arbres, Abbes n'était pas réapparu, Pierre et ses parents avaient compris. Il faisait partie du quatuor cagoulé. La mère de Pierre avait alors craint le pire – à raison. Elle l'aimait ce gamin, elle l'avait eu en classe, il était tellement malin, d'une rare gentillesse, il voyait tout, un peu tête brûlée, c'est vrai. En colère, déjà. Trop. Elle l'avait expliqué à la barre, pour le procès du hold-up du Crédit Agricole d'Uzès. Ensuite, de loin, et quand la presse en parlait, elle avait suivi l'existence pleine de tumultes de son ancien élève et avait tenu Pierre au courant.

Deux vies à l'exact opposé.

– Pierre, reprend Abbes, j'ai perdu beaucoup de sang ?

– Je ne sais pas. Sonja est vite partie à la pharmacie. Elle ne m'a rien dit. Elle ne devrait pas tarder.

– Elle avait l'air inquiet.

– Elle va te sortir de là.

17

Dans sa tête, Sonja se le rabâche, ça tourne, ça tape et ça sonne comme une alarme, lui, tu n'as pas le droit de le rater sinon tu sombreras à t'en laisser crever, et pour de bon cette fois, tu le sais, elle ouvre son coffre et le fouille, comme une dératée, dans les malles, dans les caisses, à la recherche de sa trousse de survie et du paquet d'ordonnances volées – et pourquoi Abbes s'est-il fait tirer dessus ? Pas maintenant Sonja, il était là pour toi, tu es là pour lui, il faut le soigner, alors magne-toi. Elle trouve sa trousse, l'ouvre et en vérifie le contenu. Il ne lui manque pas grand-chose, juste des pinces pour extraire la balle. Et le matériel de perfusion. Elle la referme, il n'y a pas de temps à perdre.

Derrière elle, des pas approchent.

Sabine sourit, un sachet de crevettes à la main. Elle vient de profiter de la même douce vision que le dimanche précédent. Elle est soulagée de trouver Sonja. Elle va lui dire, elle a tout prévu, elle veut le lui dire, elle est hantée de toute façon, il faut que ça sorte : Sonja, nous pouvons être heureuses. Ensemble ? Oui, ensemble, bien sûr ensemble. Toi et moi, heureuses et amoureuses. Elle n'a pas dormi, n'a pas fumé ni bu, ni mangé, ni lu, elle a juste inlassablement répété la scène dans sa tête, a repoussé la peur du ridicule, enfoui son orgueil, c'est sa vie qui est en jeu, le trac lui tord l'estomac mais cette fois il ne la paralysera pas, juré, craché, foirer une audition, tétanisée, puis une carrière, peut-être, mais l'amour qui peut redonner un sens à son existence, balayer les échecs et les galères pour finir sur une bonne touche, il faut au moins tenter, alors je me lance, j'y vais, je souris, pleine d'audace, putain ce que je tremble.

Mais c'est une autre Sonja qui se retourne. Vêtements tachés, on dirait du sang, regard qui exécute, ce matin, la sirène est un oiseau de proie. Glacée, Sabine tient son sourire. Sonja pourrait être une statue, ça n'y changerait rien, elle te possède, alors vas-y, parle nom de Dieu, propose-lui, c'est maintenant ou jamais.
– Salut, fait-elle.
Sonja esquisse un demi-sourire indéchiffrable.
– Est-ce que ça va ? ose Sabine, incapable de détacher ses yeux des taches rouges.
Sonja acquiesce en suivant le regard de Sabine. Elle n'avait pas remarqué les traînées laissées par le sang d'Abbes. Elle doit se changer.
– Je voulais t'inviter pour le petit déjeuner, poursuit Sabine mais Sonja l'écoute à peine, le nez dans son coffre à chercher des vêtements propres. En souvenir de notre rencontre, il y a une semaine, ajoute Sabine en agitant les crevettes.
– Peux pas, souffle Sonja – pourquoi se pointe-t-elle ici et maintenant ? Dégage, Sabine, tu vas tout faire foirer.
Et Sabine sent le sol se dérober sous ses pieds, la froideur de Sonja la bloque, elle n'a pas prévu de plan B, tout s'écroule, merde, trouve une parade ou cette histoire va te filer entre les doigts, la vie est faite d'opportunités, on les saisit ou on les manque, elle en a tant manqué, elle va encore passer à côté et il lui faudra de nouveau cohabiter avec ce moi faible et raté.
Mais, sous ses yeux, Sonja ôte son haut et se découvre. C'est la deuxième fois que Sabine la voit si peu vêtue et la première reste inoubliable. Immédiatement, cette peau, ces formes, cette vision la rendent possessive, le besoin impérieux de consommer commande, incontrôlable, le soutien-gorge, clair et tendu, laisse voir le sommet de l'aréole et la pointe du téton apparaît au travers du tissu. Elle s'imagine ouvrant la bouche, gobant, goûtant.

Sonja s'habille et Sabine tendrait bien la main.

Elle tend la main.

Pendant que Sonja enfile son tee-shirt, du bout des doigts, elle l'effleure. Mais Sonja recule. La tête désormais hors du vêtement, elle dit non avec fermeté puis ajoute pas maintenant et Sabine, soudain prise d'espérance, pense si elle dit pas maintenant, ce sera forcément plus tard.

– Je passerai, ajoute Sonja en fermant le van.

Sa trousse de survie sous le bras, sans plus un regard pour Sabine qu'elle laisse plantée là, elle se dirige vers l'Alfa.

Elle démarre.

Les taches de sang. Son indifférence. Cette promesse. La voiture de Pierre.

18

Enfin Sonja débarque. Elle flanque la frousse à Pierre, perdu dans ses pensées, son amitié avec Abbes, sa vie, l'univers, il méditait alors du calme, mais elle se précipite vers le blessé, ordonne d'ouvrir les volets et questionne, comment va-t-il ? a-t-il bu ? parlé ? mangé ? dormi ?, elle est déjà à genoux à son chevet, à trifouiller sa trousse et le sac de la pharmacie – Abbes, réponds, vis, je t'en supplie.
– J'ai mal petite.
Il a gardé les yeux fermés.
– Alors je vais te faire souffrir un grand coup et après ça devrait aller mieux.
Elle débouche la Bétadine, en verse sur la plaie, il tressaille. Elle étale des compresses autour, sort les pinces qu'elle vient d'acheter, les passe sous la Bétadine, enfile les gants stériles en latex. Mais réalise.
– Je n'ai rien pour t'anesthésier...
Elle retire les gants puis fouille à nouveau dans le sac, en sort une boîte de Dafalgan codéiné, attrape la bouteille d'eau. Se tourne.
– Pierre, venez m'aider.
À deux, ils redressent Abbes, qui, péniblement, avale deux gélules.
– On va laisser agir, dit-elle.
Vingt minutes de répit. Elle s'assoit par terre en tailleur, adossée au sofa, souffle puis boit quelques gorgées d'eau dans la bouteille d'Abbes. Elle est en apnée depuis son entrée dans l'atelier – la première, ce matin, avec Abbes – et lui, là, repose, serein, il semble l'attendre. Comment fait-il ? Elle revoit la peur des soldats. Pas seulement la peur, la panique, les gémissements,

les agrippements, comme s'ils n'étaient jamais prêts, alors que, bon sang, leur engagement repose sur ce sacrifice suprême.
Et voilà, une main tire sa veste. Une deuxième tire son col. Une troisième tire sa manche, elle est empoignée par les cris qui montent, des plaintes de gamins épouvantés, qui voient la vie et leur avenir s'enfuir dans un désert de pierres parce qu'ils ont voulu jouer les héros à six mille kilomètres de chez eux, au combat la mort n'est pas un accident, clament-ils, mais le pied à peine posé en Afghanistan, elle les terrifie tous, même les gradés en tremblent. Et quand le sang coule, quand la possibilité de cette mort au goût de métal gargouille au fond de leur gorge, tous la secouent pareil. Ils se cramponnent, gesticulent, appellent leurs mères, prient tous les saints de la Terre, lui vrillent les tympans qu'ils aient une éraflure ou la panse ouverte, je veux pas mourir, infirmier – elle, toujours mec parmi les mecs – sauve-moi, j'ai une femme, j'ai des mômes, ou j'en ai pas mais je veux en avoir, et Sonja, terrifiée autant qu'eux sous la mitraille, psalmodie que c'est de sa faute s'ils crèvent, de sa faute, alors elle tente d'ignorer le sifflement des balles qui se plantent dans le sable, elle se démène, des cailloux dans les côtes, des cailloux sous les rotules, et pan, piqûre de morphine, arrête de bouger, je peux pas découper ton uniforme ni balancer l'antiseptique, et l'hélico, hein, il arrive quand l'hélico, pan deuxième piqûre de morphine, je veux pas mourir moi non plus – qu'est-ce que je fais là, putain, du sable dans la bouche, du sable dans les yeux, qu'est-ce qu'on fait tous là, dans cet enfer qui vire parfois au carnage ; le 18 août 2008, ça a été le cauchemar.
  Le déluge dans la montée du col, après deux heures de marche et les kilos sur le dos. Des explosions à droite, à gauche, en un instant le feu partout. L'adjudant, qui n'a pas encore été fauché, braille, à terre, tout le monde à couvert, mais il n'y a pas un endroit où se planquer, juste quelques rochers et du ciel il

pleut des flammes, on nous tire à la Kalach, au RPG, à l'avant les copains tombent trop vite, on fuit dans la poussière et la caillasse, les insurgés sont cinquante, quatre-vingts, cent, on apprendra qu'ils étaient cent quarante au début de l'assaut, nous, une vingtaine, en éclaireurs, majoritairement des bleus, et les balles fusent et claquent contre la pierre et les roquettes trouent la route et nous sommes cloués au sol, minuscules sous le tonnerre, des éclats comme de la grêle sur le casque et les jambes, une fourmi, je suis une fourmi sous les obus, et je pense à Dieu, Dieu qui m'observe avec sa loupe, il ricane, le salaud, l'expérience l'amuse, moi pas, j'ai la mort devant les yeux, j'en pisse de trouille et tout autour, c'est le malheur, dans le ciel, sur terre, dans les tripes, du feu et du métal, du sang, des visages tordus par la peur et par les cris, l'officier, là, fait des signes, amène-toi, semble-t-il dire, il pointe quelque chose plus bas, mais dans mon champ de vision surgit un nuage blanc, comme une traînée derrière un avion, mais il n'y a pas d'avion, ici, ce n'est pas un avion, c'est plus petit, noir, fin, c'est une roquette. Et, soudain, boum, l'air est aspiré, un big-bang à l'envers avant la bourrasque brûlante qui me soulève. L'air s'est rempli de flammes, de sang et d'éclats d'obus, je passe dans une machine à laver puis je retombe, désarticulée. Tout s'arrête sauf la pluie de sable et de sang, ça pue la viande grillée. Sous mes yeux, une ranger repose, seule, avec son pied dedans, je me tâte, ouf, ce n'est pas le mien. Le son des tirs et des cris revient, l'officier appelle toujours, le radio est touché, infirmier, le radio est touché.

    Sonja roule, encore sonnée, la pisse lui brûle les cuisses, son camarade gît à cinq mètres. Vite, du bouche-à-bouche. Mais sous ses doigts, le visage se disloque, on dirait un sac d'osselets, une poupée de cire qui fond, il a pris une balle dans le crâne, Sonja vomit. De la gerbe au menton, elle s'allonge, collée au mort, et se répète, on va tous y passer, mourir là dans ce pays de désolation, c'est fini, pour moi aussi c'est fini, je vais rentrer dans une caisse. Et le déluge redouble. Et les hurlements. Mais c'est elle qui hurle. L'officier la secoue, on va avoir besoin de toi quand ce sera calmé – ça va se calmer ? La poussière et les gerbes de feu couvrent la montagne et les corps. À côté d'elle, le radio mort et son visage en pâte à modeler la fixent, elle réprime un nouveau haut-le-cœur et tente de lui fermer les yeux, mais il lui parle, l'enfoiré, dans sa tête, sa voix résonne, 0tu m'as abandonné. Ferme-la, crie-t-elle. Ses yeux restent ouverts, bloqués, vides, gris, morts, et tous les autres blessés, tous les autres morts s'y mettent, à l'appeler, elle devient folle, maman, maman, sauve-moi, c'est Thibaut qui crie, elle perd la boule, autour d'elle, ça crépite plus fort, les snipers l'ont prise pour cible.

Neuf heures d'enfer.

Neuf heures faits comme des rats dans un cul-de-sac, sous un feu croisé et nourri qui les surplombe. À attendre des avions qui ne tireraient pas, les lignes de front trop imbriquées, des renforts forcément trop lents, à prier – mais prier qui ? – putain de mission de reconnaissance, putain de vallée d'Uzbin, putain de Talibans et saloperie de mission d'inspection de hauts gradés qui accapare les hélicos, pas de reconnaissance aérienne préalable, dix frères sur le carreau et vingt et un blessés, c'était nos potes, c'était nos frères – pour beaucoup, leur baptême du feu.

En pleine nuit, les premiers corps étaient retrouvés, seuls, abandonnés dans le vent, dépouillés par l'ennemi.

Morts pour ? Un col, dans une vallée lointaine, dans un pays lointain, dans une guerre.

Sonja, les yeux humides, sent une main sur son épaule. Pierre a perçu sa respiration saccadée, il s'est accroupi. Elle aurait aimé sentir cette main consolatrice, là-bas, pendant l'enfer. Elle accroche la sienne.

Les minutes passent. Son souffle s'apaise, elle reprend le contrôle.

De retour à Balaruc.

Elle n'en sortira jamais, pense-t-elle. Mais elle dit merde au Lexomil ; pas avant d'opérer. Dans sa poche, pourtant, ses pilules lui font de l'œil.

Puis elle se le jure, pour que son monde ne s'effondre pas une troisième fois alors qu'à force de persuasion et d'entêtement, ces derniers jours en tout cas, elle croit retrouver le chemin de la vie, elle va sauver Abbes, elle s'en fait le serment.

Elle se redresse. Enfile une nouvelle paire de gants, Pierre, dirigez le projecteur, on y va, elle a saisi les pinces, voilà, elle est sur pied, et elle se dit c'est le dernier morceau du puzzle, si je réussis, l'horizon se rouvre sinon c'est comme à la roulette russe alors n'y pense pas.

Elle oublie Abbes un instant.

Imperméable à sa souffrance.

Elle oublie tout.

Elle a enfoncé ses doigts pour sentir, le trou est net mais étroit, profond, les parois toujours un peu visqueuses, des bras d'anémone de mer, la balle est logée là, il faut les pinces. Elle les introduit. Ne regarde pas, se fie à son touché, paupières baissées.

Pierre la contemple. Il fixe son visage triste, beau et concentré, regarder plus bas, les doigts de Sonja et les pinces dans le ventre de son ami, il risquerait de vomir. Les taches de rousseur forment un masque. Sonja se tient droite, elle est une marionnette, seuls ses bras et ses mains agissent comme guidés par des fils. Les gémissements d'Abbes répondent aux tremblements de Pierre, ils lui font mal mais elle l'épate, cette petite, quel sang-froid.

La balle est dans l'étau. Il faut la remonter maintenant, doucement, glisser sans heurts sur les chairs à vif. C'est fait. Sonja pose le morceau de métal ensanglanté sur une des compresses. Elle sourit. Abbes n'est pas encore sauvé, il lui faut un bandage compressif, installer la perfusion, le surveiller, s'assurer que la plaie ne s'infecte pas, qu'il récupère correctement mais c'est un grand pas.

Il dort. Le glucosé et l'antalgique coulent goutte à goutte dans ses veines, son corps reconstitue déjà le sang perdu. Pierre le veille. Sonja, elle, est assise sur une souche de saule posée sur la rive, l'étang devant elle, enfin calme – après l'adrénaline, les cauchemars et ce qui la réveille, le sauvetage d'Abbes. Elle est là, tremblotante face au paysage le plus doux qu'elle ait jamais vu ; l'étang s'oppose à la dureté des pierres et des cailloux, des falaises et des crêtes, à la rudesse du vent et la sécheresse désertique, elle vient de revivre une sensation enfouie si loin, à laquelle elle ne pensait plus avoir accès. Elle est redevenue utile. Elle sait soigner, elle est, semble-t-il, toujours capable de sauver. Un sourire timide éclaire son visage.

Elle aimerait se voir. Elle verrait, en se forçant un peu, l'enfant qu'elle était, guillerette et légère, après ses journées en mer, certaine de sa destinée. Il y avait, comprend-t-elle devant l'eau lisse et encore fraîche ce matin, du vrai dans sa vie d'avant et des sensations peuvent reconnecter cet avant qu'elle croyait faux, irréel, inauthentique, et le présent, si noir. Elle ressent même, en cet instant et pour la première fois depuis longtemps, le sentiment d'une seconde chance possible. Depuis des mois, dans son tunnel mortuaire, elle en avait exclu ne serait-ce que l'idée. Le malheur, Sonja, n'est peut-être pas une fatalité.

19

À la vue de tous les billets, Pierre et Sonja n'ont d'abord pas dit grand-chose, à peine resserré les paupières, il y en avait, du fric. Abbes dormait dans l'atelier et eux découvraient là, sur la rive, se déversant du sac retroussé comme un col de pull-over, des milliers, des dizaines de milliers, peut-être des centaines de milliers d'euros, en vrac, chiffonnés, en liasse, merde, ça fait combien et ça sort d'où ?
Silence.
Les regards s'échangent, stupéfaits.
Et les questions se bousculent – on fait quoi ? qui a-t-il volé, blessé, tué ? et cet argent, c'est de l'argent sale ?
– On le couvre, propose Pierre.
Sonja gamberge – qui est Abbes ?
Et puis, en un éclair, la sidération fait place à la certitude qu'un pacte se scelle, ok on le couvre.
– Il faut aller chez lui, décide-t-elle. Effacer ce qu'il y a à effacer.
On répondra aux questions plus tard.
Et les questions les hantent pendant le trajet.
Mais sur le pont du voilier, les interrogations s'envolent. Sonja sent poindre une certaine jouissance à se faire complice du forfait d'Abbes (de son crime ?), l'idée de se compromettre pour une amitié l'euphorise, c'est nouveau, la transgression, le vice, exaltée, elle se fait sourde aux injonctions de son propre sens moral, l'eau est à nouveau sous ses pieds, c'est bon et tout se mêle, la renaissance, l'émancipation, la désobéissance, elle s'échappe de ses automatismes bornés et regarde Pierre explorer le navire, Pierre qui se retourne, les yeux dans les yeux, accentuant leur confiance et leur pacte, oui, il faut faire corps, il

faut faire corps car les types qu'Abbes a dépouillés vont le pourchasser et nous devons l'aider. Dans l'exiguïté du bateau, Pierre et Sonja fouillent et se frôlent, dans les cabines, dans les couloirs, à la recherche d'éventuels indices à faire disparaître. Pierre tourne, stresse, sue, Sonja le sent et ça l'excite, elle passe sur les photos sans les voir, épluche à peine les feuilles disséminées sur la table à cartes, il n'y a rien à cacher de toute façon, juste Pierre qui prend de plus en plus de place, Pierre et ses yeux bleus, Pierre et ses belles mains, Pierre et son odeur, alors elle dit Pierre, tout doucement, pour qu'il s'interrompe. Pierre, souffle-t-elle encore en s'approchant. Il lui tournait le dos et s'est figé. Elle l'enlace. Il sent ses seins épouser son dos et sa joue se déposer, sa poitrine pousse contre sa colonne vertébrale et se retire à chaque respiration, l'envie, trop forte, va bloquer son désir, il le sait, les mains passées sous son tee-shirt, qui glissent sur la peau de son ventre et descendent, le terrifient.

Sonja l'a perçu, elle cesse ses caresses.

– Ne bouge pas, murmure-t-elle.

Elle se décolle et s'éloigne. Toujours immobile face au carré central, Pierre l'entend s'activer au fond du bateau. Lorsqu'elle revient, elle lui passe un bandeau sur les yeux, puis le prend par la main pour le guider jusqu'à l'asseoir, au bord de la couchette double calée dans la proue.

Il soupire, sourit, il s'est laissé faire. Entend un froissement de tissu.

– Maintenant, j'ai un bandeau moi aussi, dit-elle en saisissant ses poignets.

Elle lui lève les bras, ôte son tee-shirt, la poitrine de Pierre est couverte d'une toison clairsemée, elle découvre des muscles discrets, à peine affaissés par les années, son doigt les parcourt. Comme Pierre se crispe à nouveau, Sonja s'interrompt pour poser la main sur sa joue en signe d'apaisement. Puis elle reprend le déshabillage. Et quand il ne porte plus que son slip, elle le remet debout, face à elle, puis prend ses mains dans les siennes et les fait glisser sur son corps et sur ses formes, lisses, douces, rondes, elle a retrouvé l'impudicité de la nuit, elle est complètement nue, Pierre le comprend en accrochant ses poils pubiens du bout des doigts. Il peut imaginer la peau laiteuse, diaphane, marbrée de petits vaisseaux turquoise, la chevelure rousse qui tombe sur les épaules et sur les seins, le roux brûlant, qui tranche avec le blanc, la pulpe de ses phalanges devine ce à quoi il rêve. Progressivement, l'envie s'impose à la peur, il se relâche. Sonja lui retire alors son slip et, comme pour se signaler, caresse doucement son sexe qui commence à se dresser, avant de le rasseoir puis de l'allonger.

Le sexe de Pierre est chaud, elle parvient à le sentir, ça la soulage. Plus jeune, elle adorait cet instant où la chaleur du sexe masculin irradiait dans sa main, le désir sanguin à apprivoiser avant de l'introduire et, surtout, le manque brutal qui déclenchait l'avidité de le combler en engouffrant cette part de l'autre par toutes les voies possibles, au plus profond, vite, fort, je veux que tu me remplisses, encore, encore, encore, c'était en elle, impossible à verbaliser parce que inaudible pour Vincent, elle aurait été pute, nympho, salope, mais il y avait quelque chose de magique au fond, de l'ordre du lâcher prise, de l'abandon suprême – encore un trait de personnalité refoulé. Et puis le sexe de Vincent était devenu cet ustensile stérile, pipette pollinisatrice qui ne fertilisait plus rien, un truc dur, rouge et repoussant, sans vie. Sa main était devenue mécanique.

Aujourd'hui, à nouveau, la chaleur opère. Le manque la rend folle.

Sonja passe une main entre ses cuisses, elle est prête, c'est incroyable. Elle pose ses doigts sur les lèvres de Pierre, sous ses narines, goûte-moi, sens-moi, Vincent ne la reconnaîtrait pas, et de l'autre main, elle va et vient sur le sexe de Pierre qui commence à frémir, c'est le moment de le chevaucher.

Elle le fait entrer.

La voie est rouverte, Sonja. Sans douleur, au contraire. Et ce contraire l'émeut. Elle se sent chahutée, ses hanches ondulent, elle voudrait être prise partout, elle a envie de hurler sa féminité, en recevant Pierre, elle redevient femme pleinement, à nouveau pénétrée, qui accueille, qui s'offre et qui prend, imprimant son rythme et sa domination, je te baise autant que tu me baises, le mot n'est pas sale, non, pas sale, c'est juste le corps qui parle.

Pour se voir, elle ôte son bandeau ; il lui faut une preuve visuelle.

– Mange-moi les seins, ordonne-t-elle à Pierre.

Et l'homme plonge, yeux toujours bandés, ahane et jouis, secoué, il ne peut plus tenir. Sonja le serre à presque l'étouffer, le noie dans sa crinière, elle croit sentir la semence projetée se déposer sur ses parois intérieures, cette semence qui la consacre, elle en redemande, dit donne-moi tout ce que tu as, tout, encore, et Pierre jouit sans fin.

Elle s'écroule sur lui.

Comblée. Pleine.

Elle, n'est pas venue, mais la redécouverte qui vient de se produire vaut tous les orgasmes du monde.

20

Sous son plaid, branché au goutte-à-goutte, Abbes s'examine, plombé et perfusé sur un canapé défoncé qui sent le vieux chat et la peinture. Et il se dit, te voilà terré une fois de plus, mon vieux, aussi mal, faible, triste et désespéré que lors de tes séjours répétés au mitard, dans la même pénombre, la même solitude, tu as foiré ta sortie. Et tu n'es même plus révolté. Juste las, tu aspires au repos – l'insoumis est vaincu, à quoi ta rage et ta rébellion ont-elles servi si c'était pour finir ainsi ? Enserré entre quatre murs, comme si souvent, et bientôt ce seront quatre planches, oppressé par les toiles de Pierre, immenses.

Des rais de lumière zèbrent l'obscurité du hangar et lui rappellent les mains de son père plaquées sur ses yeux, dans le camion bâché de l'armée française qui les exfiltrait, escortés par des autos-mitrailleuses, en direction du bateau pour Marseille. Son père ne voulait pas qu'il voie. À travers les persiennes formées par ses doigts, les cadavres égorgés qui jonchaient le bord de la route – règlements de compte du FLN, premier abandon des harkis par l'État français, apprendrait-il treize ans plus tard, juste avant le soulèvement. En 62, des officiers avaient désobéi aux ordres, évidemment secrets, du gouvernement français, les ordres de De Gaulle, mon village s'appellerait Colombey-les-Deux-Mosquées, les ordres de Joxe, de Mesmer, on ne rapatrie pas et on renvoie les supplétifs déjà entrés sur notre sol ; qu'ils se fassent trucider à peine débarqués dans les ports algériens n'était pas leur problème. Abbes et sa famille devaient leur vie à l'un de ces officiers d'honneur, le capitaine de son père, qui avait risqué la cour martiale pour les sauver. Et dans le camion, malgré la main sur ses yeux, Abbes avait vu. Les corps, les entailles, le sang, des uniformes

semblables à celui de son paternel. Son dernier souvenir d'Algérie, il avait quatre ans.
Dans le silence de l'atelier, le goutte-à-goutte goutte.
Un réfrigérateur ronronne.
Son père est mort tuberculeux.
Apatride, en captivité, accroché à sa loyauté servile.
Abbes gémit, son ventre le brûle. Où sont les autres ?
Où sont Pierre et Sonja, où sont ses frères, ses sœurs ?
Sa mère. Il aimerait entendre sa mère, les paroles rassurantes qu'elle lui chuchotait, assis sur ses genoux, lorsque son père, en opération, disparaissait des semaines entières. Son pays natal, c'est aussi cette réminiscence apaisante. Là, enfermé, il panique.
Et puis, l'espoir s'allume.
Il se voit, le canon scié en joue. Et l'index immobile.
Avant de tirer, il s'est posé la question et cette fraction d'humanité lui a valu une balle dans l'abdomen. Il lui manque une case, désormais. C'est confirmé, Abbes, le crime n'est plus ta norme, il en sourit et soudain sa blessure l'enchante. Il a quitté le monde des assassins ; braquer, tuer, séquestrer ne sera plus un objet banal de discussion, fini les débats sur la meilleure manière de faire disparaître un macchabée, l'acide, les cochons, oubliés les plans d'évasion et les projets de hold-up, les retours au placard et les sorties toujours plus dures quand, asocial, il fallait se réhabituer au monde des gens, à la lumière du jour, aux bruits, aux regards, aux goûts, aux couleurs, aux femmes, la taule avait endurci en lui la bête hargneuse, le voilà affranchi, adouci. Au gnouf, ses potes gangsters le traiteraient de gonzesse mais ça lui va, à lui, d'être une gonzesse si une nouvelle vie commence – pourrait commencer.
Quel espoir, songe-t-il, pour un mourant qui vient de se prendre une balle dans le buffet.
La codéine, peut-être.

Tu vois des mirages, vieux, et pour le moment, tu es tout juste en sursis.

Avec son magot, Abbes pensait partir. Définitivement. La société des hommes réapprise, il n'y avait que ce bref retour en arrière, l'ultime braquage, pour assurer son avenir. Il avait imaginé les cartes postales à envoyer depuis l'autre rive de l'Atlantique, sa fratrie qui accourrait, Abbes a changé, il s'est posé, autre cadre, autre relation, la rédemption, une utopie.

Pour l'instant, il gît au fond de son trou.

21

Dans le bateau, Sonja fouille, fouille et fouille encore, incapable de se réfréner, en culotte et débardeur, c'est une obsession, elle veut sauver Abbes, une preuve, même minuscule, qu'ils auraient laissé passer et il tombe alors – Pierre, lui, a quitté la couche depuis un moment, il doit être sur le pont. Le transistor posé sur le rebord du lit crachote, le flash de France Bleu Hérault n'évoque aucun fait divers d'ordre criminel survenu dans la nuit, c'est déjà ça.

Dans le rangement qui surplombe le couchage, Sonja met la main sur une grande enveloppe en papier kraft remplie de photos, certaines en noir et blanc vieilles et jaunies, aux bords rognés, d'autres plus récentes, elle voit une famille, les parents d'Abbes ?, des baraquements, plusieurs générations rassemblées dans un jardin, des enfants seuls, une sépulture sommaire mais fleurie, peut-être des grillages en arrière-plan ou des barbelés, le voilier, une pierre tombale, un officier français et un soldat, d'apparence maghrébine, il ressemble peut-être à l'homme qu'elle devine être le père d'Abbes. Elle ne peut s'empêcher de les repasser, cherchant à reconnaître Abbes à tous les âges, c'est certainement lui, là, ou là, avec ce sourire rusé, toujours à côté des autres, comme en décalage, et là, c'est lui, c'est sûr, elle avait raté ce cliché, elle le reconnaît, ado au côté d'un adulte nord-africain vêtu d'un grand manteau, les mêmes baraquements en arrière-plan.

Et puis il y a ces documents de l'administration pénitentiaire, dans une pochette plastique transparente. Sur les papiers, elle lit « mandat de dépôt », « numéro d'écrou », les expressions la chamboulent. Elle imagine le boulet et les chaînes aux pieds qui ensanglantent les chevilles, Abbes famélique dans un pyjama rayé, un cachot crasseux, elle délire – et pourquoi pas un matricule tatoué sur le bras ; mais qu'est-ce que tu as foutu, Abbes ? Pourquoi la prison ?

Les chemises cartonnées, entreposées derrière. Sonja s'empare de la première. Y est inscrit au marqueur indélébile « Procès 2007 », d'une écriture enfantine et bleue. Les suivantes présentent d'autres dates, d'autres procès. Les doigts sous les élastiques, prête à ouvrir, les questions affluent. Autant de procès, autant d'affaires, autant de... crimes ? Sonja hésite – à quoi cela te servira-t-il ? Elle suspend son geste. Elle craint de lire un mot, sur des PV d'audition ou sur un jugement, et ce mot la terrorise ; homicide – qu'en ferait-elle ? Elle se mord les lèvres.

Homicide involontaire. Ou, pire, volontaire.

Abbes un tueur.

Il a tué pour le sac ?

Tu as bien soigné les poseurs de bombe.

Elle n'ouvre pas – chacun ses mystères.

En équilibre sur la couchette, elle replace l'enveloppe, la pochette et les chemises cartonnées. Et là, au fond du rangement, elle sent d'abord au bout de ses doigts puis aperçoit une autre enveloppe kraft qu'elle n'avait pas vue la première fois. Elle s'en saisit, s'assoit au bord du lit. La décachette et en tire son contenu.

Une photo, des pages de journaux.

Elle découvre, en noir et blanc, Abbes et Pierre en culottes courtes devant les mêmes baraquements, ils sont éblouis, les yeux plissés, c'est eux, c'est forcément eux, bras dessus bras dessous malgré la différence de taille. Abbes est plus grand, plus costaud, Pierre à peine adolescent, mais il a déjà ce sourire qu'elle connaît depuis quelques jours. Elle tourne la photo, « Saint-Maurice-l'Ardoise, août 1974 ». Dans le Sud de la France, certainement, vu les arbres, des pins, hauts, écrasés par le soleil d'été. Elle s'attarde un moment sur le cliché. S'imagine être leur amie, à l'époque, et prendre cette photo. Elle aurait aimé les connaître à cet âge. Qu'ils forment une bande.

Puis elle examine les coupures de presse. Elles couvrent une période de douze ans, de 1982 à 1994. Il y est question de Pierre, uniquement de Pierre, « le plus méconnu des champions olympiques français ». Au fil des illustrations, elle le voit mûrir physiquement, moins gamin, plus soucieux. Le regard invariablement pur. Il est beau.

Sur ces images, c'est chouette, elle le découvre athlète, sur un stade, dans une salle de gym, dans sa course d'élan, avec le fameux bras gauche directeur et ses muscles tendus, l'impression de mieux le connaître. Elle le voit en l'air, perche plantée, elle le voit poings serrés le jour J, en 84, elle le voit inquiet, souvent, malgré les sourires.

Elle se plonge dans les articles.

Et sa gorge se serre. Et plus elle lit, plus sa gorge se serre.

Page après page, année après année, déconvenue après déconvenue, publiquement, un jeune homme se met à nu, sans concessions ni pudeur. Avec une honnêteté et une franchise hors du commun dans l'univers médiatique et sportif habituellement si lisse – ce qu'elle croit en savoir. Et pourtant, à côté de ce désespoir subsiste dans chaque article une espérance inouïe, irraisonnée, Sonja cherche. Elle dirait d'une incroyable candeur. Pierre, lit-elle, espérait toujours revivre son exploit et le formulait ainsi, en 1987, c'est sous ses yeux, je veux retrouver le frisson olympique, retrouver le cœur qui bat au pied du perchoir, la folie du triomphe, j'ai connu tout ça, je sais que ce n'est pas un rêve.

Peut-être en était-ce un, justement.

Il suffit de lire. Et Sonja passe d'un article à l'autre puis revient en arrière, relit les phrases les plus dures, en cherche d'autres, elle préférerait découvrir une belle histoire mais elle entend à nouveau Pierre lui avouer la veille au bord du sautoir, après qu'il eut décrit avec tant de passion la force du saut puis du vol, le reste ce fut ma perte. Mais il a couru après ce reste, et longtemps, c'est écrit là, noir sur blanc, il l'expliquait lui-même. Et quand un journaliste lui demandait, en 1987 toujours, êtes-vous bien dans votre peau ? Il répondait non, même si tout va bien dans ma vie. J'ai ce que je voulais avoir, une femme adorable, un beau petit garçon, un travail qui m'intéresse. Mais tout est organisé autour du saut à la perche, qui marche mal ! Donc ma vie tourne mal ! Il faut que j'arrive à retrouver la joie de sauter pour retrouver ma joie de vivre.

Pourquoi cette insatisfaction, Pierre ?

Quelques paragraphes plus loin, au cours du même entretien, il ajoutait, je suis plutôt optimiste de nature, je crois en mon étoile, cependant, je suis lucide, aussi. Et ma lucidité me fait entrevoir que pour moi, ça pourrait mal tourner. Alors, fatalement, je découvre l'angoisse.

Et pourquoi cette angoisse ? Pourquoi mal tourner ? Les larmes montent, Sonja pleure, maintenant, sans trop savoir pourquoi, Pierre est sur le pont, ils ont fait l'amour il y a moins d'une heure, cet homme est tourmenté, elle l'a senti, mais qui ne l'est pas, et puis c'était il y a vingt-cinq ans, sa carrière, alors pourquoi ces larmes, Sonja, d'où te vient cette émotivité ? Seule, face à des morceaux de papier, sur le coin de la couchette où elle s'est rouverte, elle suit, navrée, la descente aux enfers de « son » Pierre et elle ne comprend pas, elle ne comprend rien, à cette quête, cette destruction. Parce qu'il y a les autres phrases qui la glacent, pas les pires non, pas encore, mais déjà, celles-là, comment ne pas imaginer la dégringolade au fond du gouffre.

Ma vie sportive depuis Los Angeles est un amalgame de tristesse. J'ai tout répété inlassablement dans ma tête. Je crois simplement que je suis un perchiste qui brûle beaucoup d'énergie et le corps n'a pas tenu. J'ai eu des problèmes avec les genoux, les pieds et les cuisses parce que je n'avais pas l'esprit libéré. Je crois énormément aux rapports psycho-physiques. Après Los Angeles, je n'ai jamais pu redémarrer, ni physiquement, ni psychologiquement. Quelque part ma carrière était déjà réalisée. Après la médaille d'or ? C'est la fin du voyage. Il y a le grand saut. Puis tu retombes. Et ça peut faire très mal. Je n'étais sans doute pas assez mûr.

Et cette dernière sentence, que Sonja aurait préférée ne jamais lire : je suis aspiré vers le haut mais dessous je sais qu'il y a le vide.

En émergeant sur le pont un sac à la main et le transistor dans la poche, Sonja aperçoit Pierre, assis les jambes dans le vide à l'avant du voilier, les pieds à la surface de l'eau, le menton et les mains sur la filière. Il se tourne, semble bouleversé, son regard bleu voilé. Il pourrait éclater de rire comme il pourrait fondre en larmes, pense-t-elle en tentant de masquer son propre trouble.

Ils n'ont pas parlé depuis l'orgasme de Pierre. L'excitation assouvie, ils étaient incapables du moindre dialogue, sans voix, sans souffle pour exprimer les remous, le choc affolant du plaisir sexuel retrouvé, certes bon mais violent comme un ébouillantement. Il fallait ce temps de silence, un retour à soi nécessaire dans lequel Pierre est encore plongé.

Sonja le rompt.

– Pierre, dit-elle en s'asseyant derrière lui, considérez-vous que vous avez eu une belle vie ?

Elle le prend au dépourvu. Il voulait s'excuser d'avoir été si empoté, à presque cinquante ans, jouir si vite, merde, il s'est vécu adolescent dépucelé, voulait faire mieux, il avait tant d'envie, trop d'envie, mais le sujet a changé, comprend-il, et il se demande aurai-je une deuxième chance, Sonja est distante d'un coup, elle a encore redit vous. Ses paupières papillonnent, il réfléchit. Sous l'effet du vent, les drisses tapent sur le mât, ça tinte.

– Beaucoup de gens le pensent, improvise-t-il, moi, sincèrement, je ne sais pas. J'ai vécu de grands moments. Ça ne m'empêche pas d'avoir des regrets.

Sonja ne le relance pas, alors il continue, comme pour lui-même.

– J'ai tenté d'accomplir des choses en réponse à des espoirs ambitieux et incertains, j'étais assez borné. C'est bien, parfois, de voir loin. Mais on oublie souvent ce qui nous tend les bras, juste là, devant soi. La vie peut être plus simple.

Silence.

Le vent, le clapot, les mouettes.

– Et Abbes ? finit par questionner Sonja.

– Abbes ?

– Oui, sa vie...

Pierre se contente de soupirer en haussant les épaules, le regard sur les contreforts des Cévennes, loin au-delà de l'étang et des premiers villages.

– Un jour, finit-il par répondre, Abbes m'a dit, tu sais, Pierre, j'ai fait beaucoup de conneries et j'ai payé ma dette. Mais le meilleur m'attend.

C'est ce que j'aime chez lui. Il croit au futur.

– Et vous, Pierre, vous y croyez ?

– Au futur ? Avant, peut-être, oui. Maintenant...

Il pourrait dire à nouveau, si, depuis que tu es là, mais il craint de la faire fuir, et cette soudaine dépendance à elle dont il devient esclave un peu plus chaque jour, merde, Pierre, tu es ravagé, il suffit qu'elle disparaisse et... Alors il s'abstient – l'optimisme est une sale maladie, regarde Abbes et son bide troué.

Derrière lui, Sonja se relève.

– On devrait y aller, fait-elle.

Pierre se redresse à son tour. Debout, il l'interroge d'un haussement de sourcils sur le contenu du sac en plastique qu'elle a sorti du bateau.
– Des cartouches, 22 long rifle je crois. Il faut les balancer.

Ils ont retrouvé la terre ferme. Ils longent les navires en cale sèche. Pierre ouvre la bouche, la referme, la rouvre mais reste muet. Sonja, voudrait-il dire, tu poses des perfs, tu extrais des balles, tu identifies des cartouches, tu dors dans un van, tu me possèdes et me fais jouir, tu me fais parler, tu es un foutu mystère. Il voudrait l'entendre, elle, qu'elle lui raconte, sa vie, pourquoi elle est ici, allez, force-toi, demande-le-lui, mais il bafouille quand elle se tourne pour lui sourire et reste muet.
Pour une fois, prends ce qui te tend les bras.

22

Ce matin, plus aucun employé ne déshabille Sonja. Tous la scrutent, l'air mauvais, revoilà la folle-qui-s'en-prend-aux-clients, vivement qu'elle dégage ou qu'on l'enferme. Il est 8 h 25. Les vieux insomniaques sont là, à faire la queue, même un lundi. Elle les a dépassés pour entrer, le patron l'attend. Le manager active l'ouverture, il lui laisse tout juste la place de se faufiler, sourit, lubrique, dandine-toi un peu ma belle, le porc veut profiter du spectacle une dernière fois, et voilà Sonja au contact des ses ex-collègues, regards de biais, regards accusateurs, regards fuyants, regards de la foule qui jubile devant le passage du condamné, leur hostilité lui rappelle l'accueil inhospitalier dans les villages de Kapisa quand la troupe débarquait pour tout retourner, à la recherche des caches d'armes. L'armada surarmée face à des épouvantails, des vieillards en kurtas, des enfants qu'elle avait vaccinés deux jours plus tôt, prêts à leur jeter des pierres, des mères choquées, l'incompréhension générale.

Dans l'allée centrale du supermarché, c'est elle l'épouvantail. Elle surmonte le malaise, affronte les coups d'œil. Ne se sent coupable de rien. Là, au lieu de la honte, le dégoût monte. Pour sûr, elle ne les regrettera pas, ces smicards minables.

L'intendant s'approche.

– Il est où, Abbes ? l'interpelle-t-il, en bras de chemise, des auréoles aux aisselles.

Derrière lui, un chef de rayon tire une palette blindée de cartons. On est le premier lundi des vacances, il faut achalander et sans leurs esclaves, les négriers sont perdus. Intérieurement, Sonja ricane.

– Oh je te parle, s'énerve l'intendant.

Elle hausse les épaules, qu'est-ce que j'en sais, et se dirige vers les petits escaliers en colimaçon, qui montent à côté de l'entrée des vestiaires. Dans quelques minutes, elle quittera ce lieu pour toujours.

Mais les autres s'agacent.

Et elle les entend, qui la suivent et traitent Abbes d'ingrat, comment peut-on faire ça à l'employeur qui t'a sorti de la misère.

Abbes a passé une bonne nuit et il vous emmerde, pense-t-elle.

L'intendant la rattrape. Il l'agrippe.

– Tu étais sa protégée, tu sais forcément où il est.

Et qu'est-ce que ça changerait ? Non, répond-elle en se dégageant, je n'en sais rien, et elle ajoute il est peut-être malade ou ne s'est pas réveillé, ces choses arrivent, mais tous les gens, même Sabine qui débarque à l'instant, insistent tour à tour. Vous êtes complices pourtant, tu es certaine que tu ne sais rien ? – complices ? Soudain elle s'affole. La radio ne dit toujours rien, les journaux non plus, elle vient de les éplucher à l'espace presse alors pourquoi toutes ces questions et cette association évidente dans leur esprit, d'elle à lui.

Sa tête lui tourne – peut-être l'arrêt des médicaments, elle fait n'importe quoi depuis deux jours.

Ahmed, le boulanger, a rejoint la meute, il balance :

– De toute façon, les harkis, on ne peut pas leur faire confiance, ils ont la traîtrise dans le sang.

Il n'a pas trente ans.

C'est du délire.

Ahurie, Sonja voit ces visages idiots la questionner, elle les déteste et rêve d'un départ d'incendie, là-bas au niveau des caisses, le feu bloquerait les sorties, ce serait la panique et tous, là, grilleraient en hurlant leur fiel au milieu des marchandises et de leurs conventions sociales à la con.

Elle s'échappe.

À l'étage, dans le bureau, elle pense souffler et récupérer les deux cents euros qu'elle a chèrement gagnés ces jours derniers. Le patron, un type petit d'une soixantaine d'années qu'elle voit pour la première fois, est assis, stylo en main, concentré sur des documents. Elle entend la bille gratter le papier, la chevalière et la gourmette claquent sur le bois de la table. Sonja bloque sur sa brosse militaire. Sans même lever les yeux, l'homme la sèche.

– Ton ami a réalisé un joli coup, assène-t-il avec un fort accent occitan, mais s'il ne veut pas que ça tourne vinaigre et si toi, tu ne veux pas en payer les conséquences, dis-lui de se montrer rapidement. Ce serait dommage.

Il lui a dit « tu », ne l'a même pas regardée. Sonja se sent comme menottée au radiateur, elle est debout pourtant, les mains libres. Mais elle ne saisit pas : elle n'était pas convoquée pour son licenciement ? Elle le dit, poliment, malgré les tremblements de sa mâchoire et l'impression subite qu'elle pourrait se retrouver dès cette nuit dans un sac lesté au fond de l'étang. Je ne vous suis pas bien, monsieur. Et c'est la vérité, elle ne pige pas. Qui est « son » ami ? Abbes ? Comment peut-il le savoir ? Qui le lui a soufflé ? Et pourquoi, dans ce cas, les menace-t-il, Abbes et elle ?

Le type semble n'avoir rien entendu. Il poursuit son griffonnage, totalement indifférent à elle, restée immobile, qui donnerait sa peau pour n'être jamais entrée dans ce bureau. Le silence et le mutisme du bonhomme l'oppressent. Elle avalerait bien un Lexomil, deux plutôt, toujours ce réflexe de junkie qui revient, mais elle se sent humiliée, dominée, sur le point d'être écrasée comme un insecte sous un énorme godillot, la fourmi sous les obus, ça recommence et ça la terrorise, quelle déchéance, Sonja, tu n'as pas survécu à Uzbin pour finir aussi mal, ce serait trop con, elle zieute à droite, à gauche, elle veut sortir, fuir le supermarché, quitter Sète, Pierre où es-tu, Abbes, où tu m'entraînes ? Pour ne pas perdre pied, du regard, elle accroche un écran divisé en quatre, qui diffuse des images du magasin. Dehors, des voitures se garent sur le parking. Le parking de Pierre.

– Tu as quelque chose à me demander ? reprend le type, le nez toujours sur ses feuilles.

Elle ose :

– Vous ne me payez pas ?

Cette fois, il la dévisage, elle découvre ses joues de bulldog.

– Mignonne... ironise-t-il. Elle agresse mes clients et voudrait que je la paie. Dégage, il ajoute.

Mais Sonja reste en place. Il n'en croit pas ses yeux.

– J'ai fauté samedi, ose-t-elle encore, c'est vrai, mais avant j'avais travaillé quatre jours.

– Qu'est-ce que tu veux que ça me foute ? Dégage, je te dis. Allez, du balai. Et rappelle-toi : évite de me la jouer à l'envers, on sait où tu crèches.

Il retourne à ses signatures. Elle n'existe plus.

En sortant du bureau, Sonja a reconnu un sac en toile de jute semblable à celui d'Abbes, mais vide celui-là, sur le dossier d'un fauteuil, à gauche de la porte. Elle commençait à se libérer de tout et la voilà piégée dans une machinerie infernale – alors, on jouit toujours d'être complice ? Il y a quelques semaines, elle s'espérait bientôt morte, la perspective de mourir sans l'avoir décidé lui fait maintenant horreur ; et elle n'a pas rêvé, le propriétaire du supermarché l'a bien menacée. Elle pense à Thibaut. Pour la première fois depuis longtemps, son souvenir, son visage ne lui causent ni douleur ni colère, elle aimerait être assise dans le Combi, rabaisser le pare-soleil, contempler son fils et l'entendre, le voir marcher, comme si l'image pouvait s'animer. Son fils lui manque. Oui, brusquement, il lui manque, elle prend une grande inspiration, comme au sortir d'une apnée interminable, cherche un regard auquel s'accrocher. Fouille sa poche. Pas de tube, l'angoisse. Les larmes montent. En retraversant le magasin désormais ouvert, tout le monde à son poste et on lui fout la paix, dans les odeurs de détergent, dans le brouhaha incessant des caddies, de la soufflerie et de la radio, sous la lumière trop artificielle et crue, elle aperçoit Sabine ouvrir sa caisse. Sabine, molle, l'air triste, faible, grise, floue, l'opposé du sourire timide mais lumineux et de la gêne charmeuse du premier jour. Sonja se souvient de sa promesse non tenue de la veille et veut la prendre dans ses bras. Leurs regards se croisent. Sabine sourit, on dirait qu'elle souffre.

23

Où est Abbes ?

Où est Abbes, répète Sabine, où est-il, elle n'a que ces mots à la bouche, Abbes, il lui est arrivé quelque chose, tu ne dis rien, tu mens, obsédée par les traces de sang qui rappelaient le tablier d'un boucher et la froideur de Sonja, son embarras maintenant, tout est louche et elle se sent flouée, Sabine, exclue, dépossédée, jalouse, Sonja, c'est sa découverte, Abbes son ami, quel est leur secret, alors accouche, Sonja, dis, où est Abbes ?

Sur la terrasse, acculée dans un coin, Sonja encaisse et nie, engluée dans les vapeurs des cachetons qu'elle s'est remise à gober pour endiguer la peur panique du tireur embusqué ressurgie depuis l'intimidation du patron du supermarché – le point rouge imaginaire, sur le front, dans le dos, en pleine poitrine, tout le temps présent quand ils traversaient les villages et les vallées à la merci des snipers, dans ce silence de mort seulement crevé par les rafales de vent ou le braiement d'un âne, elle redevient folle.

Elle a déplacé son van et s'est sentie suivie. Elle est allée voir Pierre à la rôtisserie et s'est crue épiée. Pierre, c'est la merde. Il est sorti du camion pour discuter, derrière comme la première fois, en plein soleil, au milieu des câbles et des tuyaux. Dans le va-et-vient des voitures et des chariots, elle a expliqué, certaine qu'on la prenait en photo, comment changer le pansement, pour le moment c'est trop risqué si je vais à l'atelier. Qui ? a demandé Pierre. Elle a secoué la tête, je ne te dirai rien, physiquement distante. Elle aurait aimé s'abandonner dans ses bras, sur une peau amie, aimante, reprendre un peu de bonheur et d'apaisement, mais elle a dit non, dure comme une souche, et l'a repoussé au risque qu'il ne comprenne pas – ne pas le compromettre, autant que je paye seule s'il y a à payer ; sacrificielle comme en opération.

Et maintenant Sabine l'assaille alors qu'elle était venue chercher de la douceur, après les heures brûlantes de l'après-midi passées à gamberger sur un coin de plage, dans les braillements et les éclaboussures des marmots, les exclamations d'une mère, d'un père ou d'un moniteur, trop d'enfants de l'âge de Thibaut, trop de parents amoureux, trop de cellules familiales intactes, à compter, hébétée, les kayaks et les optimistes, la 1664 à la main, faudrait pas que le stress la submerge. Alors, arrête, Sabine, la coupe-t-elle en se levant. Arrête.

Interloquée, Sabine s'est tue. Sonja s'approche. Le soleil est encore tiède, le ciel clair, les tommettes chaudes sous ses pieds nus. Debout, elle domine Sabine, restée assise une cigarette roulée quasiment éteinte entre les doigts, inquiète, son regard la trahit, même si, c'est magnétique, elle est subjuguée ; décidément, elle ne s'habitue pas à cet éblouissement.

– Chuuut, fait Sonja en plaquant la tête de Sabine contre ses seins.

C'est sa meilleure arme.

Instantanément, Sabine fond. Rêve, mouille. Devient esclave.

Les yeux fermés, et pas tout à fait insensible à ce contact sur sa poitrine, Sonja se dit je suis amorale et machiavélique, j'agis comme une catin, qui se donne pour survivre. Elle s'écœure mais caresse la joue de Sabine, descend avec tendresse sur sa gorge, s'y arrête une seconde ou deux, le temps d'exercer une pression à peine perceptible et de sentir la peau de Sabine se tendre en réponse à la sensation d'un début d'étranglement, puis elle remonte sur la joue, la caresse à nouveau, avec douceur, et répète son geste en l'accompagnant de paroles apaisantes, il n'y a rien contre toi, Sabine, rien, comment peux-tu croire ça – elle devient sadique ?

La joue, le nez, son visage entier enseveli dans Sonja, son odeur et sa chair, Sabine tressaille quand elle croit sentir la main se refermer sur son cou. Puis cette main cruelle redevient tendre et l'anesthésie de nouveau, la voilà qui remonte vers son visage, Sabine peut se laisser aller, elle se laisse bercer par la voix de Sonja, elle est engourdie, heureuse. Béate. Au fond, elle se hait. Elle se retrouve aussi veule que lorsqu'elle quémandait sa dose, prête à tout pour se l'enfiler illico sous un porche, dans une descente de parking ou des toilettes publiques, partout pourvu que ce soit insalubre et crasseux, elle noyait ses espoirs de scène déçus dans la came. À moins que ce ne soit son accoutumance aux paradis artificiels qui ait tout fait rater.

La ferme, pense-t-elle. Profite. Elle sniffe Sonja en de grandes inspirations, s'agrippe à ses vêtements. Aussitôt, elle oublie son attente interminable, la veille, son écoute aiguisée de chaque pas dans les escaliers, guettant le moindre craquement, angoissée, ses regards incessants à son téléphone portable, les heures passaient, elle était triste, nulle, insignifiante, intoxiquée, épuisée de ce qui-vive perpétuel. Sa vengeance a été minable ce matin, c'est vrai, mais elle avait souffert toute la nuit.

Le soleil du soir, plein ouest et enfin doux, arrive rasant sur les contours du toit de tuiles roses. La brise tombée, l'étang assagi vire au bleu clair azurin avant de basculer dans les profondeurs nocturnes. Tout le paysage semble se retirer, fatigué de lumière et de chaleur.

– Je vais dormir avec toi, Sabine, murmure Sonja. J'en ai besoin.

D'aise, Sabine soupire.

Et dans le lit, le besoin grandit. Il devient impératif. Pourquoi cette frénésie éruptive, Sonja, elle ne se reconnaît plus, ou si, mais c'est confus, une autre vie, avant Thibaut, avant toutes les catastrophes, quand son appétit procréateur la débordait – que se passe-t-il, tu étais devenue frigide ? Elle chasse les questions, des mains sur elle, elle veut des mains sur sa peau, maintenant, pour la ranimer et la fouiller, poursuivre le réveil entamé avec Pierre. La chaleur corporelle de Sabine l'appelle, elle la sent à travers le drap, elle imagine Sabine se redresser et lui passer doucement la main sur les cuisses, elle qui se détend, s'alanguit, elle s'alanguit vraiment, ses doigts s'arrêtent sur son propre sein, son téton, décharge à l'entrejambe, alors sa main cherche celle de Sabine. Elle sait que Sabine attend. Elle ne dort pas, elle l'entend, sa respiration n'est pas calme, elle distingue ses grands yeux ciller dans l'obscurité.

La main de Sabine n'a pas sursauté.

– Touche-moi Sabine, la prie Sonja, caresse-moi.

Sabine se tourne. Leur première nuit a été un désastre, elle plante un regard de défi dans celui de Sonja.

– Tu es sûre ?

Sonja acquiesce, puis ferme les yeux. Elle retire sa culotte, écarte légèrement les jambes.

Sabine ne résiste pas. Elle a beau se dire, elle fait ce qu'elle veut de moi, elle est déjà à genoux, penchée sur Sonja. Ses deux mains la caressent pour l'amener à se détendre plus encore et, par des cercles concentriques, elles se rapprochent de son sexe, le frôlent, le survolent, s'y arrêtent et repartent aussitôt, trouvent ses seins, puis redescendent et reprennent leur jeu, Sonja voudrait que les mains restent maintenant. Elle sent alors les lèvres de Sabine, qui l'embrassent, la goûtent, elle frissonne, c'est bon signe. Son bras se tend. Elle parvient à relever la chemise de nuit de Sabine et de ses doigts, elle cherche ; à part le sien, Sonja n'a jamais touché un sexe féminin. Elle plonge, fascinée. Même maladroite, elle excite Sabine, dont la langue et les doigts la pénètrent, partout, elle est prise à la gorge, Sonja, le manque, soudain, réapparaît, ce manque qu'elle ne ressentait plus et qui la rend à nouveau folle, remplissez-moi, ils ou elles pourraient être plusieurs, femmes, hommes, faites ce que vous voulez de mon corps, je ne suis qu'un corps, et Sabine se démultiplie, Sonja suffoque, décontenancée, le plaisir monte, une déflagration – c'était aussi fort, avant ? Elle se cambre et le feu d'artifice jaillit, ce sont mille étoiles, chaudes, une vague de lave dans tout son abdomen.

Elle en pleure tandis que le plaisir s'étire.

Puis elle s'assagit.

Sabine la lèche encore, doucement, comme une chatte son petit, retour au calme. Elle voudrait jouir elle aussi.

Elle le fait seule, de retour à sa place, pendant que Sonja sanglote, ailleurs.

Je la tiens, pense-t-elle, et ça la fait partir.

Le pouvoir de l'orgasme, elle sait ce que c'est.

24

Sabine vient de la déposer. Elles ont dormi d'une traite, l'une et l'autre, apaisées, comblées pour un moment au moins. Elles ont peu parlé au matin, bousculées par leurs pensées, leurs rêves, leurs souvenirs, leur plaisir, Sabine rayonnante, un sourire aux lèvres permanent, ses grands yeux marine allumés souvent plongés dans sa tasse de café, peut-être se projetait-elle déjà, Sonja, elle, vacillante, encore secouée par ce retour au plaisir inattendu.

Sur le parking du centre commercial, Sonja avance à la rencontre de Pierre. Ils sont convenus d'un rendez-vous quotidien le temps que « l'affaire Abbes » se tasse. Cette nuit, du calme est apparu. Elle sue toujours à la vue d'une jonction grossière sur la route entre deux bandes de macadam, la crainte de l'IED en elle probablement pour la vie, ce fut le cas plus tôt dans la Twingo, peu après Bouzigues, mais elle relativise les menaces du patron du supermarché et sa paranoïa de la veille, quelle prise ont-ils sur elle, elle se sent forte, c'est fou, plus du tout moribonde, soulagée, libre même, le malheur à distance, dirait-on, elle n'a pas avalé un seul comprimé ; et si ça durait ? Elle a rendez-vous avec son Pierre, si fragile – elle dit toujours « mon » maintenant, quand elle pense à lui. Elle a furieusement envie qu'il la voie légère et souriante, hier, elle était rêche comme un gant de crin. Elle accélère le pas, éblouie par le soleil, se rassure, tu es sur le bon chemin, Sonja, et si parfois tu recules encore, la majeure partie du temps, tu avances – ça la rend heureuse. Là-bas, elle aperçoit le camion blanc auvent encore baissé, il n'est que dix heures. À contre-jour, elle distingue une silhouette, qui vient dans sa direction.

Pierre ?
Elle fait le point : c'est Vincent.
Vincent ?
Vincent, sorti d'outre-tombe.
Son mari, ici, à Balaruc, une allure de mort-vivant.
Elle ne respire plus.

Lui, vieilli, à quelques mètres maintenant, flottant dans un jean et son blouson bleu, les bras ballants et les joues creuses, il tente de lui sourire, mais ne parvient qu'à produire un rictus embarrassé tandis qu'elle, elle cherche l'air en saisissant sa gorge, elle doit halluciner – c'est l'arrêt brutal des médicaments, ce n'est pas possible autrement, elle doit être en *bad trip*, elle est forcément en *bad trip*.

Mais la voix de Vincent la contredit. Il a prononcé Sonja comme seul lui le dit, teinté d'une légère complainte.

– Qu'est-ce que tu fais là ? parvient-elle à souffler.

Elle veut s'asseoir. Elle répète, qu'est-ce que tu fais là, le redit, d'une voix de plus en plus blanche, qu'est-ce que tu fais là, groggy, elle s'assied par terre, s'appuie pour ne pas s'écrouler, Pierre va arriver d'un instant à l'autre, pourquoi maintenant, Vincent, pourquoi cette malchance, cette injustice, pourquoi me pourchasses-tu jusqu'ici, elle redevient animal, se recroqueville, son mari, un étranger qui l'importune, la regarde apeuré, la reconnaît-il vraiment ? Il est maigre comme un bouleau sans feuilles, l'air souffreteux, l'opposé du gars bonhomme et corpulent qui lui enjoignait de renouer avec lui, avec eux, avec la vie, leur vie, reviens parmi nous, Sonja, tu as un fils, un mari, une famille, je t'en supplie. Mais les cris et les tirs fusaient dans sa boîte crânienne, la nuit, le jour, merde, tout cela disparaissait et voilà que tout se remet à bouillir – à cause de lui, parce qu'il est là, devant elle qui ne peut lutter contre le jaillissement des souvenirs dont elle a honte, à se revoir monter la garde, accroupie avec les jumelles derrière les fenêtres du premier étage parce que le pavillon pour lequel elle a tant sacrifié ne pouvait les protéger des attaques de roquettes, elle se revoit se gavant de médicaments (déjà) pour oublier la menace, la thérapie ne menait à rien. Thibaut continuait à appeler sa mère ; Thibaut te réclame, Thibaut t'aime, mais tu ne comprends pas, disait-elle, et la voilà de nouveau contrainte de se justifier, sur leur parking à Pierre et elle, non, tu ne comprendras jamais, Thibaut c'est la vie et je suis morte avec tous les gamins mutilés que je n'ai pas pu sauver, je suis un monstre, Vincent, je vous fais trop de mal, vous ne pouvez pas m'aider, au contraire, avec vous je m'enfonce, alors cessez de m'aimer, oubliez-moi, je vais m'enterrer.

Assise sur le goudron froid, les gravillons mordent sa paume, la colère monte, contre lui, là, qui lui impose ce retour en arrière, et elle se rappelle, l'entrejambe encore chaud, en si mauvaise posture au pied de ce mari chétif dans ces fringues décidément trop amples, elle se souvient qu'elle a joui hier. Son clitoris en sommeil depuis si longtemps fonctionne, elle peut de nouveau revendiquer son désir et son plaisir, elle veut le lui hurler pour le faire souffrir, je jouis de nouveau, sans toi, et insister pour venger son intrusion ; après avoir retrouvé la jouissance avec une femme, lui cracherait-elle, j'ai rendez-vous avec un homme, beau, vieux, abîmé, un avenir possible, à deux, oui je me projette, Vincent, tu vas tomber des nues mais je me projette avec Pierre, immense et friable, des yeux mélancoliques mais rieurs, et elle aperçoit Pierre, justement, en arrière-plan, stupéfait, entre deux voitures, malgré les larmes qui commencent à lui brouiller la vue, elle a honte, toujours la honte, je suis un déchet, il me voit sale, faible, crevarde, presque coulée, elle n'ose pas le regarder, il doit être déçu, va croire qu'elle le trahit, elle voulait tout lui dire après l'entrevue d'hier, tout, qui elle est, d'où elle vient, ses blessures, fini les mystères, je m'ouvre, mais Vincent se tient face à elle avec son air de mendiant qui la rend plus agressive, et elle pense, tu as tout gâché et gâches encore tout, elle redemande alors dans l'espoir de comprendre, dis-moi, qu'est-ce que tu fais là ? Que me veux-tu encore ?

Et il reste sans voix.

Elle tape du plat de la main au sol et s'écorche et crie, parle, putain, parle, quitte à tout foutre en l'air, dis au moins pourquoi tu es venu, comment tu m'as trouvée.

Mais Vincent recule. Il titube, effrayé. Ses yeux cherchent, quelle est cette femme ? La sienne ? Qu'es-tu devenue, Sonja, râle-t-il, avant de s'éloigner, effaré, entre les véhicules garés, puis de disparaître.

J'ai vu un fantôme.

Pierre approche, Sonja toujours assise, à terre, choquée. Pour la deuxième fois de leur histoire, sur ce parking, il l'aide à se relever.

– C'était mon mari, murmure-t-elle.

Elle renifle, pleure. Tout en la soutenant, Pierre la dirige vers l'Alfa Romeo, je te ramène à l'atelier – et tant pis pour les consignes de sécurité.

– Tu entends, Pierre ? insiste-t-elle. C'était mon mari.

– J'ai compris, Sonja.

Non Pierre, tu ne peux pas comprendre. Pas encore. Pas complètement.

Avant qu'il ne démarre, elle ouvre la bouche.

Et ça sort.

Je suis militaire.

Je suis infirmière.

Je suis mariée.

Elle ne mentionne pas Thibaut.

J'ai fait l'Afghanistan et, depuis, j'ai des angoisses, des phobies, des insomnies.

J'ai fui mon foyer.

Je suis sur la route depuis des mois.
Je me drogue avec des médicaments.
Je déteste les gens. Je déteste les politiques, je déteste l'armée, je déteste la guerre.
J'ai vu des morts, Pierre, des mutilés, j'ai vu tellement de morts.
Avant d'arriver ici, j'avais peur presque tout le temps.
Tu m'aides. J'aime ta peau, tes yeux et ta timidité.
Vincent me cherche.
Vincent, c'est mon mari.
Je ne retournerai jamais en arrière.
Mais j'ai vu trop de morts, Pierre. Beaucoup trop de morts.

Une main sur le volant, l'autre sur le levier de vitesses enclenché en première, Pierre tente de digérer – comment recevoir pareille confession, comment réagir, il voudrait avoir le pouvoir de la guérir, de la protéger, d'un geste, une accolade, mais il ressent un malaise, lancinant, qui le déstabilise, écoute-le, écoute-toi, il manque un élément.

Il se souvient de la vidéo, aperçue subrepticement l'autre soir, ces images furtives, sur le petit écran portatif, d'elle avec un enfant, le sien, qui cela pouvait-il être d'autre ?

Regard droit devant, Sonja, elle, est vide. Elle sait. Pierre a vu. Ils savent tous les deux son omission, le silence de l'habitacle le hurle – et ton enfant ? Mon enfant ? Tu n'as pas d'enfant ? Enfant, enfant, enfant ; quelle terrible raison peut pousser une mère à dissimuler sa maternité ; jeunes, les fils de Pierre l'ont maintenu en vie. La guerre ? Uniquement la guerre ?

Il dévisage Sonja.
Elle reste muette.
Parle s'il te plaît, qui es-tu vraiment ?
Elle reste muette.
Il coupe le contact.

Alors elle pose une main sur la sienne. Il se tourne. Elle sourit, c'est un peu dur mais voilà, ses taches de rousseur virevoltent. Et elle lui confie :
– Je l'aime mon fils, tu sais ?
Il n'imagine pas l'acceptation nouvelle que suppose cette affirmation.

25

Trois jours ont passé. Dans l'atelier, les réserves de Sonja ont fondu. Même si elle diminue les doses, elle le sait, la baisse doit être progressive, il lui faut des médicaments pour la traversée. Elle l'explique à Pierre et Abbes et elle insiste. Si nous partons dans deux nuits, je dois reconstituer mon stock, je suis dépendante, vous l'avez compris, un sevrage brutal sur le bateau serait bien trop risqué. Sortir l'est aussi, ils le savent tous. Pourtant Sonja aimerait revoir le ciel, son van, la garrigue, prendre une grande bouffée d'air et de France, de Sète, barboter une dernière fois dans son étang et mettre la main sur son passeport. Ensuite, seulement, elle partira. Ils ont décidé de tenter l'aventure à trois, sur le voilier.

Ils se regardent. Sous leur nez, au milieu de la vaste pièce, adossé à une poutrelle métallique, le sac de billets trône comme un fétiche. Pierre fait les cent pas. Abbes est assis, fatigué mais remplumé, l'abdomen toujours bandé. Depuis des jours, ils vivent reclus dans le hangar, sur le ciment froid et poussiéreux, entre les toiles, les chevalets, les pots, les huiles et les ustensiles de peinture, l'obscurité quasi permanente les a transformés en animaux fouisseurs, par précaution, ils s'autorisent peu de sorties au bord de l'eau. Abbes et Sonja se partagent le canapé pour se reposer tour à tour. Ils mangent des boîtes, comme à Saint-Maurice-l'Ardoise, comme en Afghanistan, vident des canettes. Seul Pierre s'autorise des va-et-vient dans le monde extérieur ; lui est insoupçonnable. Il assure le ravitaillement, prend le pouls, transmet des messages. Il sait, par Sabine, qu'au supermarché, l'énervement a redoublé. Et dans leur réclusion, tous trois rêvent, gambergent, souffrent ; c'est l'heure des bilans. Du basculement.

Pierre s'est rendu à Montpellier. Il y a vu ses fils, si grands, toujours autant impressionné d'avoir produit de tels adultes, indépendants, beaux, droits, quand il repense aux bébés, aux enfants, aux jeunes ados – ce sont mes garçons ? L'aîné a l'âge auquel il accomplissait ses exploits, les mêmes bouclettes, l'aplomb de leur mère en plus, la vie a passé, il ne l'a jamais maîtrisée, toujours un train de retard perdu dans ses perches et dans ses quêtes, se souvient le gamin qu'il était à leur âge, eux, que sont-ils vraiment ? Puis, au Jardin des Plantes, sous les érables centenaires et les ormes du Japon qui filtraient les rayons du soleil, il a déambulé avec Patricia, compagne des grands bonheurs et de la décadence. Il a revu leur jeunesse dans la maisonnette à côté du stade de Colombes, son ascension, la folie des belles années, les titres de Champion de France 82, 83, 84, son record à Munich, en 1983, à vingt et un ans, Los Angeles évidemment, puis tous les doutes, ensuite, les revers, les désillusions et les nouveaux départs si nombreux, avortés, comme à Bordeaux, avant de tout plaquer pour Sète, comme si la piste d'élan menant au sautoir avait fini par se muer en impasse, qui, elle, s'était murée de toutes parts le prenant au piège de ses errances, de ses névroses, de son authenticité ; quel homme aussi éthéré, aussi absolu, aussi profondément humain et rêveur pouvait trouver durablement sa place sur un terrain de compétition ? Patricia a souri, bienveillante, apitoyée ou inquiète et triste, comme toujours, de le voir encore en recherche tandis qu'elle, elle rayonne dans sa cinquantaine naissante et son corps fin, cheveux courts laissant apparaître de longues boucles d'oreilles colorées, les pommettes toujours hautes, les lèvres pleines et roses et la peau gorgée de soleil, elle se reconstruit à distance et Pierre se sent de plus en plus loin, le navire avance, pas lui, c'est un signe, Pierre, tu peux partir sans regrets. Il le leur a donc expliqué, à eux, sa première famille, sans peur de ne plus être aimé, je pars en voyage, loin, longtemps, il insiste pour dissiper leurs craintes muettes que ce mot, voyage, ne dissimule un autre projet ; ce n'est pas la première fois, ajoute-t-il, souvenez-vous le cercle polaire, en Scandinavie, il était rentré barbu, transfiguré par les aurores boréales, un morceau de roche porte-bonheur dans la poche, cette fois je vais affronter les mers et les océans, c'est tout aussi mystique. Inutile de les inquiéter, il tait qu'un autre pôle le guide, Sonja, feu follet dans sa nuit qui l'obsède, l'anime, elle est son phare, sans elle – et plus sans eux – il coule. Cette dernière chance, il refuse de la laisser passer. C'est irraisonné, peut-être, désespéré ? Et alors ? Il a besoin de cette étincelle, sinon il y a l'autre solution, qu'ils craignent tous et voient poindre depuis des années. Pour le moment, même lui ne veut plus en entendre parler.

Abbes, lui, ne cauchemarde plus. Les rêves angoissés de retour en captivité ont abandonné ses nuits, il marche encore avec difficulté mais son flanc récupère, l'émancipation est proche, son cerveau le sent, il ne sera bientôt plus l'Arabe ex-taulard-braqueur-irrattrapable et fils de harki, donc fils de traître pour tant de connards, mais un citoyen français lambda, respectable, son faux passeport l'attend dans la soute du voilier à côté de son assurance-vie, ses trois lingots qui brillent, même dans la pénombre. Il a symboliquement gommé ses origines algériennes. Avec son air méditerranéen et son accent, il peut tout à fait passer pour un Européen. Il ne renie rien mais rejette enfin sa posture victimaire et le sentiment de persécution qui l'accompagnait depuis... depuis 1962 et leur arrivée en France métropolitaine, sa deuxième naissance ; 1962, année de leur exode, transportés dans un bateau à bestiaux, grelottant sur le pont, ballotés par le roulis sous la couverture qu'une autre famille avait bien voulu partager, tétanisés par les vagues et l'écume, aucun ne savait nager. À la descente, ils n'étaient plus Français, ils n'étaient pas Algériens, ils n'étaient plus rien, le cordon ombilical arraché d'avec leur terre et leur famille ; le début d'une longue peine.

Abbes a décidé d'oublier les souffrances que ses gènes transportent. Pourtant, ses poings sont encore douloureux de tous les coups qu'il a pu donner pour venger leur honneur, à ses frères et sœurs et lui, quand, une fois sortis du camp, les salauds d'immigrés et leurs enfants, ignares, les traitaient de fils et filles de traître, les immigrés que la France accueillait avec des emplois et des logements quand eux avaient été parqués pendant tant d'années. Parqués comme des... À treize ans, Abbes, qui ne connaissait rien à l'histoire des siens car les anciens ne parlaient du passé qu'entre eux, s'était cru juif un temps. Dans quelles circonstances, il ne s'en souvient pas, mais il avait vu *Nuit et Brouillard* à la télévision et fait le rapprochement avec leurs baraquements, les guenilles, la faim, le lever du drapeau, les douches collectives. Il s'était même estimé chanceux d'être vivant !

À Cuba, où il s'imagine déjà, avec tout son flouze, propriétaire de quelques hectares de canne à sucre et d'un débit de boisson en bord de plage, il sera neuf, qui ira fouiller son passé ? Il pourra enfin s'inventer sa propre histoire. Il trouve ainsi un goût réconfortant de liberté à son enfermement provisoire dans l'atelier de Pierre, volontaire celui-ci, comme un sas de préparation qui lui rappelle, par certains côtés, sa première captivité à la maison d'arrêt de Nîmes fin 1978 – détention préventive pour le braquage suspecté de sa deuxième banque. De manière inexplicable, il s'était retrouvé un temps seul en cellule. Pour la première fois de sa vie, il avait sa piaule, il pouvait lire, fumer, se branler, personne pour l'importuner, il avait à peine vingt ans et découvrait l'intimité, une autre forme de liberté. Ça n'avait pas duré. Cette fois, il espère bien en prendre à perpétuité.

Dans trente-six heures, quarante-huit tout au plus, ils seront partis. Pendant la nuit, le voilier sera approché de la rive de l'atelier par le chef du chantier naval. Ils le rejoindront en annexe, à la rame, puis se dirigeront vers l'entrée du canal de Sète pour profiter de l'ouverture des ponts, à 10 heures, et se jeter enfin dans la pleine mer. Ils chargeront leur ravitaillement en Espagne.

– Je t'accompagne, répond Pierre à Sonja. On va sortir à l'aube, tu récupéreras ce que tu as à récupérer dans ton Combi, on passera à la pharmacie à l'ouverture et on reviendra ici.

Il s'est arrêté d'aller et venir, l'interroge du regard.

– En faisant ça Pierre, intervient Abbes, tu t'affiches avec elle. Vous avez déjà pris un gros risque l'autre jour en venant tous les deux dans ta voiture. Là, tu la relierais définitivement à toi alors qu'elle a disparu, le danger serait donc qu'on te lie à moi. On peut te suivre et nous retrouver.

Le silence s'abat sur la scène à peine éclairée, on les croirait dans un théâtre, les tableaux, dans l'ombre, formant l'assistance.

– Elle doit y aller seule, poursuit Abbes. Tu as un vélo, non ?

Pierre acquiesce. Il faudra juste aller le chercher.

– Alors elle ira en vélo. Et de nuit.

26

Sonja, accroupie dans un bosquet de mimosas, attend l'heure incognito, la tête enturbannée comme une femme afghane – on pourrait la prendre pour une terroriste prête à surgir. Elle secoue la tête pour chasser l'idée, et les images qui émergent déjà, le marché gorgé de monde, d'enf... stop. Elle porte le regard sur la bicyclette qui gît dans l'herbe et sur le van, un peu plus loin. Cette nuit, elle a décidé de tout abandonner ici, au bord de l'eau – à part quelques vêtements, le sac de couchage, la trousse de toilette et le bloc d'ordonnances piochés à l'aide de la lampe frontale dans le fatras amassé pendant ses mois de vagabondage.

Le ciel rosit puis s'illumine. Elle entend l'étang s'éveiller, des battements d'aile, une aigrette batifoler, d'autres oiseaux décoller, amerrir, le moteur d'une embarcation qui démarre, la surface est d'huile, lisse comme un miroir, on entendrait parler d'une rive à l'autre malgré les kilomètres qui les séparent tant l'eau semble aspirer l'atmosphère, le moindre bruit résonne. Elle imagine l'appréhension du Combi par les forces de gendarmerie, les hypothèses des enquêteurs, un véhicule échoué comme une épave sur la plage, aucune trace de son propriétaire, disparition dans l'étang, suicide ? Non, je m'envole et rien ne m'empêchera de revenir un jour si je m'en sens prête.

À moins que.

À moins qu'elle se plante, elle s'est déjà plantée ; revoilà la gamberge, merde.

Et cette question, les narines à hauteur des fleurs jaunes qui parfument l'aube : peut-on réellement tout recommencer, à vingt-huit ans, être sûre qu'on ne se fourvoie pas encore une fois ?

Si on reste ici, a prédit Abbes, quand elle et Pierre ont débarqué mardi dans l'atelier, personne ne nous trouvera. La police ne nous cherche pas, j'ai détroussé des minables qui détournaient une partie de leur recette en liquide, ils n'ont pas pu porter plainte. Mais si on sort, un coup de malchance et, hop, ils nous agrafent. Alors mieux vaut calter. Moi, j'avais ciblé Cuba. Vous pouvez m'accompagner.

Mais c'était sa parole, à Abbes, et les minables, comme il dit, possèdent une arme, au moins une, avec laquelle ils ont failli le tuer.

Il avait insisté. Si rien ne vous retient, le bateau est prêt. Je sais naviguer, je nous dirigerai, vous suivrez mes instructions, traverser l'Atlantique n'est pas sorcier. Puis il avait conclu, rabougri sur son coin de canapé, vous m'avez sauvé la vie, vous vous êtes mis en danger pour moi, je vous dois mon futur. Toi Pierre, tu es mon frère, tu le sais, toi Sonja, ma fille, mon ange gardien. Nous serons heureux ensemble. Les dernières réserves de Sonja avaient volé en éclats.

Ils vont donc fuir.

Elle était sûre.

Elle ne l'est plus.

Ne se fait plus confiance.

À l'armée, son esprit à l'unisson de son déguisement, uniforme, elle obtempérait sans se poser de questions, le cerveau verrouillé. Depuis, elle doute. De son libre-arbitre, de son intuition, de sa clairvoyance, de sa capacité à prendre sa vie en main, Pierre, Abbes, son cœur, son corps lui disent de les aimer, lui disent-ils pour autant de tout quitter ? Je fuis encore – et si c'est le cas, que fuis-je ? – ou je m'épanouis ?

Une voiture vient de s'arrêter sur le parking. Tirage du frein à main, une portière claque, une deuxième, le moteur tourne, des voix lui parviennent sans qu'elle puisse distinguer les mots exacts. Deux silhouettes approchent du Combi.

– C'est le sien, réussit-elle à entendre, la voix l'interpelle.
– Mais elle n'est pas là.
– Non, elle n'est pas là.
Affolée, elle intensifie son espionnage au travers des branchages.
Reconnaît Vincent. Coup au cœur. Et l'autre, là. Non...
Son père.
Le sol tremble.
Dans la voiture, plus loin, la Laguna familiale gris platine, elle croit apercevoir des ombres sur la banquette arrière, la forme de la coiffure... Sa mère. Mireille, là, si proche. Ses jugements péremptoires, ses certitudes et ses traditions, sois une bonne fille, une bonne épouse, une bonne mère, surtout n'exige rien. Et à côté. Non. Si. C'est lui. Thibaut, enfin un enfant, mais ça ne peut être que lui.
Mon fils.
Elle regarde, regarde encore, abasourdie.
L'autre jour, elle voulait que la photo s'anime, il est si près d'un coup. Tout se brouille. Et le dernier souvenir remonte.
Le pire ; comme si avant de replonger dans les épisodes positifs, parce qu'il y en a eu, bien sûr il y en a eu, il fallait en passer par cette expurgation.
Elle s'assoit.
Les fleurs ne sentent plus rien. Le ciel est gris, soudain, l'eau froide, il pleut, il pleut des cendres et du sang et Thibaut vient de souffler ses trois bougies, tout fier. Mais elle, elle le voit mort, c'est l'autre manifestation de sa phobie, Thibaut mort alors qu'il est bien vivant derrière son gâteau fraise-chocolat, entouré de la petite famille réunie, manifestement joyeuse malgré l'état de maman. Sa mâchoire a été emportée, une jambe et son bassin ont été arrachés, il est un cadavre mutilé mais debout, qui souffle sur des bougies fumantes aussi éteintes que sa vie, alors elle se tourne vers Vincent et l'apostrophe,

paniquée, tu souris, tu souris mais tu ne vois pas ? Tu ne vois pas que ton fils vient de sauter sur une mine ? Les visages déconfits, gênés, le petit ne comprend rien. Debout, le couteau à la main, alors qu'il s'apprêtait à couper le gâteau, Vincent tient son sourire, il faut faire bonne figure. Mais il rit jaune, Vincent, il parvient quand même à dire ça va aller, chérie, d'une voix exagérément calme, comme à une enfant, tout le monde va bien. Il est à bout. Mireille, elle, ne se tient plus. Elle s'offusque, rougit et lâche, pas maintenant Sonja, pas le jour de son anniversaire, ça va bien tes crises, ça fait des mois que ça dure. Non, ça ne va pas justement, comment cela pourrait-il aller, Sonja perd les pédales, comment est-ce que ça pourrait aller, hein, les yeux révulsés par le petit corps démembré, notre fils ne marchera plus, ne chantera plus, ne rira plus, il est... elle le regarde, toujours aussi amoché. Il est mort, crie-t-elle, regarde les choses en face, Vincent, elle ignore sa mère, son père, muet comme d'habitude, fulmine en silence, et elle, elle ne peut plus s'arrêter, horrifiée par cet enfant, leur fils, qui n'est plus qu'un cadavre ambulant, une bouillie de chair et d'os à peine animée – et tu ne réagis pas, l'agresse-t-elle, elle voudrait le frapper, le secouer, il est toujours aussi mou, Vincent, comment peut-il être passif et aveugle à ce point, on n'a plus rien, poursuit-elle épuisée, plus rien, les obus nous ont tout pris, elle se rassoit en sanglots et Thibaut, dans le silence qui vient de s'abattre sur la tablée, se met à pleurer, terrifié par les mots, les cris et les larmes de sa mère, par la tension qui crispe la table entière, et voilà, il se met à appeler son père, c'est toujours son père maintenant, maman est malade tu sais bien, il faut la laisser tranquille, elle, elle croit qu'il leur parle de l'au-delà. Elle a complètement perdu la boule.

Ce jour-là, quand Vincent est redescendu de la chambre de Thibaut, où il avait réussi à le calmer et l'endormir après que les beaux-parents furent partis, catastrophés, enfin vidés des remontrances qu'ils ne pouvaient plus garder, on te l'avait dit, Sonja, on t'avait prévenue, c'était une connerie, tu n'en as fait qu'à ta tête et voilà, tu as tout bousillé et maintenant tu es incapable de te ressaisir, quand Vincent est redescendu, le salon était vide, la cuisine était vide, le garage était vide. Sonja était partie.

Jusqu'à l'apparition de Vincent mardi et celle de ce matin, là, sur le petit parking aux mimosas, elle ne les avait pas revus.

Dix mois et quelques semaines.

Elle s'évanouit.

27

Elle rouvre les yeux, allongée sur un lit, rapide coup d'œil alentour, le lit de Sabine, Sonja reconnaît l'odeur de tabac froid, mais ne se rappelle pas être venue jusque-là, un vague souvenir, peut-être, des flashes, les ruelles encore fraîches et ses pieds qui traînent, elle gît tout habillée. Elle examine la pièce. Des rais de soleil transpercent les persiennes et zèbrent les étagères en bois verni couvertes de centaines de livres de poche. Elle est presque éblouie par le rideau carmin enluminé qui masque, comme une mèche de cheveux tombant sur un visage, le placard de vêtements à côté de l'entrée de la salle de bains. Et puis il y a cette affiche d'*Un cœur en hiver* qu'elle n'avait pas remarquée derrière la porte, Emmanuelle Béart assoupie sur un oreiller, nue, abandonnée et sensuelle dans sa longue chevelure ondulée ; un des films préférés de Vincent, ça plaît toujours aux garçons romantiques, les amours impossibles. Au-dessus de la lampe de chevet, punaisées dans le crépi, elle découvre aussi les cartes postales en noir et blanc de Barbara, son visage anguleux, d'une beauté froide et un peu sèche et ses grands yeux en amande, surlignés comme ceux d'un oiseau. Pour la première fois dans ce lit, Sonja prend son temps. Elle apprivoise cette chambre dans laquelle elle a dormi et joui de nouveau. Elle se tourne, respire les draps. Elle se sent bien, chez elle, comme le premier jour où elle est entrée dans cet appartement.

À côté, Sabine chantonne. Le parfum chaud du café et le gargouillement de la cafetière s'infiltrent par le jour, sous la porte. Sonja cherche l'heure, que fait-elle là ?

Le réveil indique 9 h 30 et, soudain, c'est le signal d'alarme. La situation lui revient. Le plan lui revient. Abbes, Pierre, le voilier, la traversée pour Cuba, la balle de revolver, l'argent, les ordos, la pharmacie, elle voit au pied du lit son sac de couchage et le reste de ses affaires, je dois partir, vite, les autres m'attendent, doivent s'inquiéter, m'en vouloir, je suis affreusement en retard. Elle s'assoit, le sommier grince, sa tête tourne.

Assise, elle pense – fais vite, Sonja. Pourquoi est-elle venue ici, pourquoi n'est-elle pas retournée à l'atelier ? Elle cherche à tâtons son turban. Elle va partir, doit partir, se sent pourtant bien là, sereine, ça l'étonne, elle pourrait goûter l'instant, mais non elle a promis, elle part de toute façon, elle part avec Pierre, son Pierre, avec Abbes, allez, sa vie l'attend ailleurs, sur le bateau d'abord, puis –

À cet instant, la porte s'ouvre. Sabine entre avec un plateau portant deux tasses de café, elle s'arrête net ; Sonja prise en flagrant délit de fuite. Les deux femmes se dévisagent. Immédiatement, Sabine comprend, comme un sixième sens, elle va (encore) être la femme abandonnée. Elle n'est pas surprise. Elle savait. Elle s'assied et elle soupire. Elle est belle dans le clair-obscur, rien à voir avec la beauté absolue de Sonja, mais elle porte la vie et ses chaos avec dignité, grande, son sourire un peu triste encadré par ses longs cheveux lisses et ses mains qui tremblent disent combien elle admet ses faiblesses. Elle est face à une énigme, vaincue. Elle oublie ses précédentes maladresses pour parler la première.

– Quand tu as sonné ce matin, incohérente, commence-t-elle, je me suis dit, j'ai peut-être encore une chance de la garder. Et puis j'ai vu ton sac de couchage, ta trousse, tes vêtements. Tu vas partir, n'est-ce pas ?

Sonja acquiesce, le regard errant.

– Je pourrais t'en vouloir, tu sais ? continue Sabine. Parce que, dans un sens, tu m'as piégée. Tu me fais du bien, Sonja, et beaucoup de mal en même temps. Mais j'ai fini par comprendre. C'est toi qui es perdue, toi qui souffres. Plus que moi en tout cas. Enfin, je crois... Alors va, s'affranchit-elle. Pars, trouve-toi, moi, je t'aurai aidée comme j'ai pu.

Pendant que le café passait, elle frétillait, heureuse en apparence, si inquiète au fond. Si faible, si demandeuse, dominée. Elle aurait tout accepté de peur d'être quittée, de peur de ne plus être désirée, ne plus donner satisfaction, imagine, une moins que rien, un jouet corvéable et consentant de quarante-trois ans, Sabine esclave sexuelle, esclave de tout, à la disposition de sa jeune maîtresse, l'existence en suspens, pire qu'une putain, un animal de compagnie qui attend son sucre, elle l'a déjà été. Justement, ce temps est révolu – quitte à vieillir seule et en manque. Elle assumera.

Elle se lève, Sonja n'a pas bougé, pas parlé, le plateau toujours en main, elle tente de capter son regard, qui la fuit. Elle quitte la pièce.

Dans les escaliers, Sonja s'est assise, ses affaires en vrac sur une marche. Elle essaie de trouver sa place. N'y parvient pas, c'est un cauchemar. Même quand la vie lui sourit, plus tard elle la brûle, comme si tout devait se payer, tu seras coupable et redevable. Alors elle compte, sur ses doigts, dans sa tête, et se dit, avec tous les dégâts que j'occasionne, ma dette s'alourdit, je vais encore déguster. J'en ai pour des années.

Elle a la tête dans les mains, les mains dans ses cheveux, ses cheveux sur les yeux, ses mains sur les oreilles, elle veut faire taire les mauvaises voix. Les mauvais choix. Gémit, chiale, pleure.

Tu es égoïste.

Est-on vraiment égoïste quand on a soigné aussi les poseurs de bombe. Quand on a embaumé les corps, transporté les morts.

Elle est sortie seule de l'appartement, comme une fugitive, Sabine ne l'a pas raccompagnée. Elle s'est sentie sale de s'en aller ainsi. Elle se tourne et fixe la porte. Sabine est peut-être juste derrière, à l'épier. Ou bien elle fume sur sa terrasse, déjà loin. Chacun se défend comme il peut. Chacun son égoïsme.

Sonja patiente encore. Elle sèche les traînées d'eau salée sur ses joues, le goût est amer, loin de celui enivrant des embruns. Elle se sent nauséeuse. Une autre étape l'attend, sait-elle. Il s'est produit quelque chose ce matin, elle ne se souvient plus quoi et ce trou noir, juste l'instant avant de se réveiller chez Sabine, l'oppresse.

Elle comprend dans la rue, après avoir descendu les dernières marches.

Adossées à la maison d'en face, elle aperçoit deux silhouettes, une grande et une petite, deux ombres pas vraiment réelles ; de simples passants ? Elle préfère les ignorer. Elle, de toute façon, fixe ses pieds, encore, comme si elle avait honte tout le temps, la tête dissimulée dans les plis de son châle pour ne pas croiser de regards – la terroriste à nouveau de sortie.

Ta gueule.

Mais les ombres dansent dans son champ de vision, clignotent, l'appellent, on est là. Où qu'elle regarde.

Elle s'arrête.

Vincent et Thibaut l'attendent.

Vincent, c'est sûr, et l'autre, le petit, l'enfant, c'est forcément Thibaut. Elle le sait, elle le sent. Elle le voit.

L'épisode du parking lui revient, elle n'a pas rêvé.

Elle prend le temps d'examiner. Elle ne rêve toujours pas. Ses oreilles vrombissent, ses muscles tremblent, tous – elle lutte, s'encourage, tu as survécu à bien plus... Sans voix, déjà émerveillée, elle scrute son fils, là, et son ex, en retrait, qui reste une ombre, elle a le souffle coupé, non, elle halète, son sang tape, résonne. Thibaut a grandi. Il était rond, il est entier, c'est bien lui, les cheveux clairs, avec sa marinière, il s'est étiré, aminci, a perdu ses joues et ses petits plis dans le cou, mais oui il est intact, c'est un garçon, plus un bébé, il s'avance, elle recule.

    Un pas. Puis deux. Vincent derrière, flou.

    Il a des taches de rousseur sur le nez et le haut des pommettes. Il ne la quitte pas des yeux. Et ses yeux noisette, apeurés, crient tu es ma mère. Ils insistent, ils hurlent, la somment, tu es ma mère, de plus en plus fort, tu es ma mère, d'où tire-t-il sa détermination ? TU ES MA MÈRE. Ils étaient morts, elle, lui, il les réveille.

    Elle s'agenouille en pleine rue – comment ai-je pu croire que ? Son fils continue d'avancer vers elle, qui aimerait parler, n'y arrive pas, pas encore espère-t-elle, elle croit avoir perdu la raison, la vue, ses références, tout ce qui la construisait depuis des mois s'effondre, la dureté, la douleur, le dégoût – quel combat a-t-elle mené ? – elle est en déroute, Sonja, foudroyée bien plus qu'en pleine bataille, l'Américain au teint de cire, un petit rien sur l'échelle de Richter, le radio et sa face emportée sous le déluge d'Uzbin, un hors-d'œuvre, elle est une boussole au-dessus d'un aimant, il pourrait faire nuit, jour, sombre, clair ou tempête, son nouveau monde se désagrège et, devant elle, son fils rayonne, tout doit être redéfini. Alors elle pense et ça la rend joyeuse en pleine poitrine, il ne m'a pas oubliée.

    Il est venu la chercher.

    Il sort de ton ventre, Sonja, regarde-le, regarde-vous, vous vous méritez, accueille-le, on dirait que ta guerre est finie, allez, fais-le, tu vas voir, c'est la bonne bascule. Alors elle tend les bras, elle tend les mains. Elle ne se perdra pas cette fois, c'est promis, mais elle hésite, encore craintive, comme si elle plongeait dans une eau trouble et dangereuse – elle a fait pire, pourtant, dans les tripes de ses camarades, alors pourquoi tergiverser – Thibaut n'est plus qu'à quelques centimètres.

    Le contact s'établit, il est doux. Elle sourit, lui pas encore.

    Il est entier, se répète-t-elle – pas comme les... Chut !

Elle ne s'en remet pas. Ce petit corps intact.
Puis elle sent. Ses phalanges. Les petits ongles, ses doigts, ses mains, ses poignets, son pouls, sa chair tendre et... non pas sa chair, on oublie la chair, juste la chaleur, oui, elle aime le sentir chaud contre sa peau – ce ne sont que ses doigts, c'est immense, déjà. Et ça sent bon le passé, oui ça sent bon le passé.
Attendrie, elle s'attarde sur la petite bouille. Lui, timide, embarrassé, reste immobile. Elle voudrait enserrer ses joues dans ses mains, mais elle se retient, c'est trop tôt, trop direct, alors elle préfère lui demander, c'est stupide, elle connaît la réponse, mais il faut bien initier le premier dialogue, elle demande donc :
– Tu me reconnais ?
Méfiant, il acquiesce.
– Tu es content de me voir ? ajoute-t-elle.
Moue dubitative. Uppercut au menton.
Une dette de plus à acquitter, pense-t-elle, mais rien de cette tendresse n'existait plus, elle est redevenue vitale alors elle poursuit, prête au besoin à recevoir une deuxième gifle :
– Tu me fais un câlin ?
Thibaut fait oui de la tête. Ouf.
Elle l'attire enfin contre elle.
Et quand ses lèvres, pour l'embrasser, entrent en contact avec la peau du cou de son garçon, ses narines, collées, emplies, avides des effluves de savon et de lait pour enfant, l'odeur poudreuse du talc, elle respire fort, encore, se frotte, se nourrit, c'est doux, chaud, doux, affectueux, une tornade d'émotions et de pensées qui se succèdent et s'entremêlent, elle se dit j'étais un amas de poussière, je redeviens un être humain, définitivement, maintenant, le ressent, sa poitrine et sa gorge vont exploser, elle ne savait plus ce qu'elle était, inutile, à moitié morte, en suspension, rien, elle n'était plus rien, un corps inerte qui sombrait dans les eaux obscures et profondes du

désespoir et, d'un coup, après quelques remous déjà vivificateurs ces derniers jours, avec Pierre, avec Sabine, d'un coup, le corps s'agite, se débat, veut retrouver l'air, et elle pense, voilà le chaînon manquant de ma renaissance, je suis mère, je le serai toujours, qui que je sois. Tous ses schémas mentaux sautent.

J'ai le droit d'aimer une femme et d'être mère.

J'ai le droit d'aimer un autre homme que le père de mon enfant et d'être mère.

De coucher avec les deux et d'être mère.

J'ai le droit de détester Vincent, de haïr mon propre père, ma propre mère, ce que j'étais, ce que j'ai fait, d'être un chien errant et, en même temps, d'être mère.

Des enfants sont morts, le mien vivra. Pour eux, pourquoi pas, pour lui, pour moi, les malheurs d'Afghanistan, il n'y est pour rien.

Oui, tu es mère, Sonja. Bonne ou mauvaise, tu es mère.

Elle reste agrippée, enfouie, il ne faudrait pas que cette prise de conscience lui échappe.

Puis elle rouvre ses yeux embués pour s'assurer qu'elle n'hallucine pas. Non, toujours pas, c'est bien elle, émue, avec dans ses bras, qui finit de la ranimer, l'enfant qu'elle fuyait et qu'elle serre, là, trop peut-être, mais maman va mieux, regarde, maman est guérie, elle pleure de joie, si, je ris.

Et le petit sourit.

Elle rit de plus belle. C'est son fils. Son fils.

Debout, toujours en retrait et interdit parce qu'il n'y croyait plus, Vincent assiste à ces retrouvailles, heureux, bouleversé. Sa femme et son fils dans les bras l'un de l'autre, il court après l'image de sa famille réunie depuis des mois, depuis quasiment un an, depuis trop longtemps, mais il ne se méprend pas, il voit bien qu'il n'existe plus, victime collatérale, Vincent, exclu, amputé par une bombe à retardement nommée Sonja, belle comme il ne l'a jamais vue dans ses sanglots et ce sourire franc qui remonte à si loin, il y a toujours des malheureux qui paient pour le bonheur des autres.

Leurs regards se croisent. Des larmes inondent ses cernes puis dévalent ses joues creuses avant de mourir dans sa barbe. Il tousse. Il pleure, elle ne l'avait jamais vu pleurer, mari toujours égal et placide, immobile, là, qui craque d'épuisement, son corps affaibli, marqué par sa quête. Il s'est tué à vouloir les sauver. Et maintenant le deuil commence.

Ses yeux dans les siens, Sonja articule merci.

Elle le pense. Il n'y a plus d'amour entre eux, plus aucun, depuis longtemps, mais ces retrouvailles, c'est grâce à lui, alors elle le lui redit, merci, pleine d'une reconnaissance sincère, de respect pour ce qu'il a accompli en se sacrifiant. Elle ferme les paupières pour insister.

Il faut prévenir les autres, maintenant.

28

Pierre a attendu, sagement d'abord, dans un coin de l'atelier, où sont alignées ses premières toiles, ce travail long et parfois hésitant de découverte et de construction, des formes, des nuances. Il était confiant, Sonja l'avait rassuré, j'en ai vu d'autres en Afghanistan, tu sais, et il l'avait regardée disparaître seule dans le noir, sa crinière rousse incandescente sous le clair de lune, lueur qui s'enfonce dans un tunnel. Et puis, l'heure a tourné plus qu'elle n'aurait dû et Pierre, incapable de s'assoupir, s'est mis à douter, inquiet pour elle, puis pour lui – Abbes, tu nous roules une clope ? Abbes s'est exécuté et les deux hommes ont partagé une cigarette, en silence, comme Pierre en avait partagé une avec Thierry, son ami et partenaire d'entraînement, le 8 août 84, dans un couloir du Colyseum de Los Angeles, juste avant le podium. Pierre était champion, Thierry médaillé de bronze, ils ne savaient plus vraiment qui ils étaient ni où ils habitaient, gamins en plein rêve, sous les projecteurs. Les deux Américains, le deuxième et le troisième ex-æquo, les avaient d'abord lorgnés avec suspicion, surpris de les voir fumer, puis ils leur en avaient demandé une, aussi, et des sourires, une connivence étaient apparus. La dernière cigarette du condamné, avait lancé Pierre, à moitié sérieux.

Dans le hangar, assis à côté d'Abbes, la clope écrasée et Sonja trop absente, la peur du grand vide l'a ressaisi. Il s'est levé, rassis, relevé, les yeux rivés à sa montre, de plus en plus impatient, à dire c'est louche, à cran, ce retard est inquiétant, tu ne trouves pas, Abbes ? Mais Abbes s'est rendormi et le pressentiment de Pierre a grandi, envahissant, le soleil est trop haut, elle ne reviendra pas – si c'est ça, je meurs ; il sait qu'il s'y emploiera, cette fois, et ne se ratera pas, tout deviendrait inutile.

Alors il a secoué Abbes, certainement plongé dans une de ses rêveries cubaines, sa paillotte et les femmes à la peau cuivrée, un air de mambo dans le vent chaud qui caresse l'eau turquoise et son bateau. Abbes, quelque chose cloche, il est presque 10 heures, elle devrait être là.
    Dans ce genre de coup, Pierre, il y a toujours des surprises.
    Mais la surprise est inenvisageable.
    – Je pars à sa rencontre.
    – Non, Pierre, on s'en tient à ce qu'on a dit. Elle va arriver.
    – Je sors, Abbes. Je ne peux plus attendre.
    – Tu vas tout faire foirer.
    – Je pars déjà en vrille.
    Pierre a filé au volant de l'Alfa, direction Mèze, aussi agité qu'un chien avant l'orage, ça n'avait aucun sens, Sonja était supposée circuler sur la piste cyclable. Devant le buisson de mimosas, à quelques mètres du van, il a retrouvé le vélo allongé sur un carré de pelouse encore humide de l'arrosage matinal. Elle était forcément là, à Mèze, pas loin. Mais il ne l'a pas trouvée aux alentours des pharmacies, ni dans les pharmacies, les quatre, il a inspecté les quatre. Il s'est ensuite rendu chez Sabine, dans les ruelles. S'est rapproché. Et là, il a vu. Caché derrière un angle.
    L'enfant, l'embrassade, les larmes puis les rires, le mari à l'allure de clodo, et le regard.

    C'est le regard qui le ravage. Les yeux qui rétrécissent, puis se ferment, marque d'une complicité qu'il ne connaît pas, pas avec elle, pas encore – mais ça allait exister, ça devait exister – et il se sent jaloux, inexistant, dépossédé, trahi, abandonné, il ne sait pas à quel point il se trompe.
    Plaqué au mur rêche et froid, il flanche.
    On te prend pour un con, Pierre – comme en 1988 ; la réminiscence est immédiate et assassine.

En pleine ruelle, l'injustice qui n'a jamais cessé de le consumer explose, un désaveu de plus, croit-il, et le pus coule, il coule, intarissable, voilà ton histoire résumée, un exploit, des ratés et tant de mépris, tu étais le champion olympique en titre, certes à l'arrêt depuis trois ans mais un record à 5,90 tout de même et de retour, enfin de retour, après tant d'acharnements, avec, tout le monde le savait, ce grain de folie qui pouvait te sublimer en compétition. Mais que t'ont-ils dit ?

« Si tu es devant Philippe ou à égalité avec lui, tu pars aux Jeux, sinon tu ne pars pas. »

Un quart d'heure avant le concours des championnats de France...

Ils t'ont mis en balance avec un gamin de 21 ans sans références, record à 5,70 mètres, tout juste la barre qualificative pour ces Jeux.

Mais tu jouais les trouble-fêtes. Avec toi – en qui plus aucun décideur ne croyait, quatre sauteurs postulaient désormais, quatre au lieu de trois pour seulement trois billets pour Séoul, dont deux réservés aux meilleurs et plus réguliers de ces dernières saisons, tes amis, des très bons ; comme tu aurais dû être si...

Tu ne demandais aucun passe-droit. Juste un peu de décence, une main tendue, et de la considération pour ce passé qui, pour une fois, pouvait t'avantager au lieu de t'écraser. Mais non. Les instances t'ont piégé. Et dans ce duel, trop ambitieux parce que tu voulais prouver qu'on pouvait vraiment compter sur toi, tu as échoué trois fois à 5,60 mètres, Pierre, quand le jeune, lui, prudent, assurait 5,40 – peut-être avaient-ils raison, finalement ? Tu n'étais pas fiable.

Moins d'un an auparavant, tu déclarais, je vis pour les Jeux, toute ma vie est organisée autour d'eux, si je n'y vais pas, ce sera un échec, mais la malchance finira bien par tourner.

Manqué, la preuve.

Rien ne dit, et surtout pas toi, à l'époque, que tu aurais brillé à Séoul, mais au moins l'espérance aurait réinvesti ta vie, une chance de surmonter le manque, l'attente, la crispation. La tristesse.

Ce jour-là, ta carrière s'est arrêtée – même si tu t'obstineras.

Ta mort sportive, Pierre.

La vraie. À vingt-six ans...

Une mort tout court.

À quarante huit ans, on te néglige encore.

On t'efface, même, regarde.

Non, il ne regarde pas, il en a assez vu et ne veut plus rien affronter.

Collé à son siège, la vitesse proche des 140 kilomètres/heure sur la départementale 613 ne le grise plus, même quand le V8 fait rugir les deux pots d'échappement. Il veut fermer les yeux, s'endormir pour toujours, le calme enfin, il lève le pied, regarde l'étang à sa droite, aveuglé par la réverbération du soleil sur l'eau et les parcs à huîtres, cherche le voilier, pense à la traversée, leur projet fou, tellement porteur – trop, il aurait dû se méfier. Mais merde, alors, on ne peut plus croire en rien ? Il frappe le volant, une fois, deux fois, il est vide, une méduse flasque échouée, ballottée par les vaguelettes ; tu es monté trop haut, c'était couru d'avance, tu te ramasses – extinction des feux, Pierre, qu'on en finisse.

Il s'encastrerait bien dans un mur. Dans un arbre. Dans un pylône.

De toute façon, ce ne peut être pire qu'ici.

29

– Pierre n'est pas là ?
Sonja est hors d'haleine.
– Il te cherche, répond Abbes. Et visiblement ne t'a pas trouvée.
Statufié dans le faisceau de lumière qui vient droit depuis la porte, il siège toujours, imperturbable, sur le canapé où l'a laissé Pierre. Devant lui, la poussière danse. Le mirage s'est dissipé. Il ne lui a fallu que quelques heures pour comprendre. Leur organisation vole en éclats, le petit clan était une illusion. Belle et spontanée, elle méritait qu'on y croie, mais intenable ; trop de plaies mal cicatrisées. Pierre a disparu. La môme se pointe avec des heures de retard les mains vides et le visage différent, si lisse d'un coup, apaisé, alors qu'elle est tout essoufflée. Et moi, pense Abbes, me revoilà dans mon trou, bien loin de Cuba, il va me falloir une autre porte de sortie.
– Toi, demande-t-il à Sonja, tu as trouvé ce que tu voulais ?
Elle s'approche en se passant les cheveux derrière les oreilles, déglutit, inspire. Elle saisit les mains tatouées d'Abbes qui pendent devant ses genoux, elle s'accroupit.
– Abbes... lâche-t-elle en fixant le ciment. Je ne peux pas partir. Je ne peux plus.
Il avait bien deviné.
– Aussi terrible que soit cette nouvelle, dit-il, tu as le droit de me regarder, petite.
Sonja redresse la tête, elle pleure. Elle pleure trop depuis le matin.
– Je croyais, je te le promets, sanglote-t-elle.
– Tu m'as déjà sauvé la vie.
– Peut-être, mais là je te trahis.

— Oh là, fait-il en plaçant un doigt sous son menton. Regarde-moi bien, petite. Me trahir ? Me trahir, ce serait ne pas t'écouter.

Et si elle s'écoutait, elle lui dirait, je t'en prie, Abbes, reste, ne pars pas, je veux que mon fils soit entouré de ma nouvelle famille, toi, Pierre, Sabine, j'ai besoin de vous. Elle n'est pas prête à voler seule. Elle l'interroge, d'ailleurs.

— Rester, c'est impossible ?

Il sourit.

— Je n'ai pas le choix. Sans toi, Pierre ne partira pas et, dans mon état, je suis incapable de naviguer.

Il hausse les épaules.

— Il faut tout revoir, ajoute-t-il. C'est ça, la vie. Des surprises. Toujours des surprises.

Il tousse et grimace en se tenant le flanc.

Sonja, elle, reprend espoir. Elle fait abstraction du sac de billets, elle imagine déjà leur communauté, elle petite reine au milieu d'eux, elle voit la grande maison, les volets bleus sur la glycine en fleurs, la cour, les éclats de voix et les repas qui s'éternisent dans les fumerolles du barbecue, l'arrivée des voitures sur les graviers, les sorties en mer surtout, le week-end, sur le voilier. Elle pourrait rattraper ses rêves, initier Thibaut. Et puis elle gardera le van, pourquoi vouloir tout effacer. Ils partiront en virée, tous, dans le vieux Combi défoncé, à la conquête des Cévennes et des plateaux du Larzac, la Méditerranée toujours en point de mire, à l'est, l'étang à ses pieds, leur port d'attache. Le projet peut être beau, ici aussi.

— J'ai un fils, Abbes, reprend-elle. Un beau garçon. Il a presque quatre ans. Thibaut. J'ai voulu l'oublier...

Le vieux sage lève les sourcils en produisant un léger sifflement, les histoires de famille, ça n'a jamais été son truc. Sonja, elle, s'est tue pour digérer ses propres paroles. Elle se cherche dans les yeux sombres d'Abbes, enluminés par le rai de soleil. Il faut assumer. Il faudra comprendre ; le rejet et le retournement, ce matin, si rapide, si bon, pareil à un retour au nid, chaud – pourquoi l'avoir tant repoussé ? Le bal des petites poussières, intensifié par la bourrasque tiède de Mistral qui vient de s'engouffrer dans l'atelier en propulsant des feuilles de peuplier, semble fêter la nouvelle.

– Si j'avais une fille, finit par dire Abbes, j'aimerais qu'elle soit comme toi. Sensible, douce, volontaire. Battante.

Moins psychotique, pense Sonja.

– Et il est où, ton fils ? questionne Abbes.

– Pas loin. À Mèze. Il est venu me chercher.

– Si jeune...

Ils rient.

– Son père, explique-t-elle dans un murmure.

Elle a dit son père. N'a pas pensé Vincent, ni mon ex, juste son père. Elle progresse.

Vincent l'y a aidée. Lorsqu'elle s'est relevée dans la ruelle, après avoir pris Thibaut dans ses bras, elle s'est donnée le temps de l'examiner. Ils devaient se faire face, elle, lui, pour constater. La distance, le changement. L'aversion devant la loque qui la dévisageait – ce n'était pas Vincent mais une dépouille, preuve que leur passé était mort. Il n'y avait que ses yeux, immenses et trop volumineux dans son visage famélique, pour lui crier malgré son air malade qu'il n'avait cessé de penser à elle, chaque seconde depuis la dernière crise devant le gâteau d'anniversaire, qu'il n'en avait plus mangé, plus dormi, plus ri, plus rien ; il la préférait avec eux et folle, plutôt que portée disparue. Mais c'était une autre vie, Vincent, une autre moi, elle allait le lui dire pour qu'il comprenne, c'est fini, tout ça, cassé, je suis insensible à ce qui vient de toi, il faut passer à autre chose, tu dois passer à autre chose, quand il s'est approché pour lui lancer, mâchoires crispées, Sonja, sans l'aide du détective que j'ai engagé, on ne t'aurait pas retrouvée – et maintenant ?

Le choc – maintenant rien.

J'ai un fils, tu es son père, on va collaborer.

Le mot a heurté Vincent.

Je suis désolée, mais – avec un enfant, elle pouvait voir devant. Tout le reste, elle devait le jeter par-dessus bord.

Vincent a gémi. C'est dur ce que tu me fais, très dur, en tentant d'effleurer sa joue ou de remettre en place une mèche de ses cheveux. Thibaut enserrait la jambe de Sonja, le nez en l'air, témoin incrédule de ce face-à-face glacial entre sa mère et son père qui ne ressemblait en rien au baiser qu'il avait imaginé, du prince charmant à la princesse endormie. Il a senti sa mère se raidir et reculer, a failli tomber. Pour la première fois de leur vie, Vincent venait de regarder Sonja comme peuvent le faire les autres hommes.

– Arrête, Vincent.

Il insiste, à peine honteux, incapable de contrôler l'érection qui tend son jean. Les yeux baveux. Il s'est abstenu pendant tout ces mois, à part les vidéos bien sûr, a rêvé chaque matin, chaque soir, chaque insomnie, de leur nuit de retrouvailles, avec des bougies, Sonja adorait les bougies au début, avec des caresses, des orgasmes et des éjaculations, en elle, sur elle, comme dans ses films ; une nuit sans matin, l'amour inépuisable et débridé, tendre et sauvage, chez eux ou dans une suite, oui, un bel hôtel, mais il n'a plus un centime, Vincent, il a tout claqué pour payer l'enquêteur privé, son romantisme fout le camp de toute manière, il est, là, brutalement dépassé par sa concupiscence bestiale et sa rancœur, sommé par sa queue sur le point d'exploser de faire payer à sa femme la blessure qu'elle vient de lui infliger, parce que c'est ta femme, putain, ta femme, tu ne vas pas te laisser faire alors qu'elle te doit le devoir conjugal, le maire l'a dit, les époux s'obligent mutuellement à une communauté de vie et la vie commune, c'est aussi ses fesses, sa

peau douce et ses gros seins, alors donne-moi ton cul, Sonja, je vais te baiser comme je ne l'ai jamais fait.
— Arrête ! hurle-t-elle.
Tu me salis, me répugnes, vire tes yeux de là, ton fils nous regarde.
Il retire sa main. Mais ne change pas son regard et ça la rend malade.
Elle est partie en lui disant je t'appelle, il faut vraiment qu'on parle. Choquée. Confuse et heureuse, elle est redevenue mère. Un baiser à Thibaut, maman revient très vite cette fois. Le petit ne pige rien. Elle, est toute secouée. Les autres. Les autres l'attendent.
Elle pédale maintenant dans le brouhaha des cigales — va voir à l'appartement de Pierre, lui a suggéré Abbes après avoir griffonné l'adresse sur un morceau de papier, dans le centre de Sète, il est peut-être là-bas. Le soleil assomme la garrigue et fait fondre le macadam, la circulation est dense, on est samedi, c'est vrai, les vacanciers. La brise se lève.
Sonja vient de vomir sur le bas-côté et sa tête lui tourne — pas pris de Rohypnol cette nuit, ni d'Effexor ce matin.
Elle a mal aux seins.
Elle sourit, malgré la sueur. Après l'aller-retour Balaruc-Mèze, elle en a plein les bottes — mais il y a Pierre, à l'arrivée. Son Pierre.
L'espoir et l'amour l'attendent — gaffe, ma fille, tu redeviens cruche.
Avant, elle l'aperçoit là-bas, il lui faudra franchir la bretelle à découvert, qui enjambe la voie ferrée.
Elle frémit. Elle va trembler, là-haut, fort, elle le sait, mais se persuade, je serai invisible parmi les voitures, si, voyez, elles ont les galeries pleines, leurs coffres débordent, il doit y avoir un départ de ferry pour Tanger ce soir, et se le répète pour s'en convaincre, elle ne cèdera pas à la panique, l'optimisme est de

retour dans sa vie et s'il a balayé ses chagrins, il peut balayer ses psychoses, elle y croit, voudrait en rire, subitement, oui, rire aux éclats, hurler sa joie malgré l'effort et la nausée qui presse, parce que la résurrection est pour bientôt, elle le sent. La peur que tout s'envole la retient – garde cet espoir en toi, Sonja, tais-le, moins tu l'exprimes, plus tu augmentes tes chances de le faire durer.

Elle rêve pourtant et sans limites.

Le long de l'étang, l'air marin dans sa chevelure et le mont Saint-Clair droit devant.

Elle rêve, candide, d'un lit double et de draps froissés, de jambes emmêlées, de bras et de mains qui se cherchent et se trouvent, les cheveux ébouriffés au petit jour. Elle ouvre les yeux, Pierre est là, qui la regarde, ses billes bleues incroyablement alertes pour un matin, les joues légèrement piquantes et blanchies comme une branche de sapin sous la première neige. Pendant la nuit, il s'est collé, décollé, recollé, jamais elle ne supportait une telle promiscuité avec... (elle ne l'a pas dit, l'a à peine pensé), réveillée à la première secousse, avec Pierre, elle se partage même endormie, son sommeil est sensuel. Elle aime caresser son sexe assoupi et ses hanches anguleuses, remonter son dos, le nez sur sa nuque, entendre sa respiration, faire corps, entortiller ses doigts dans ses boucles.

Elle rêve du coucher, des discussions sur l'oreiller un livre entre les mains, du dîner, des grimaces devant le miroir de la salle de bains quand on se brosse les dents. Elle rêve d'une sortie d'école. Du bain, des cahiers de coloriage, d'un château fort et de bateau pirate, les jouets étalés dans le passage ; elle rêve du marché, de promenades sur la plage et de toutes les bricoles du quotidien.

Pierre l'accompagne. Partout, tout le temps.

Elle lui a présenté Thibaut, j'attendais d'être prête, regarde comme il est beau. La vie avec ses deux hommes – Pierre, faisons des projets.

Elle rêve mais ne dit rien.

S'implore même, maintenant, à chaque coup de pédale, de cesser ces fantasmes de midinette, la bretelle approche, elle va finir par attirer le mauvais sort.

Les canaux scintillent.

30

Elle a franchi la passerelle sans encombres, c'est bien la preuve qu'elle déraille. Le cœur chantant, Sonja fonce maintenant sous les platanes hirsutes de l'avenue Victor-Hugo, le Pont de Pierre (le bien nommé) en point de mire avec ses trois palmiers fièrement dressés, qui chevauche le canal transverse. L'immeuble de Pierre, c'est le grand, a précisé Abbes, tu vois lequel, sur le quai Louis-Pasteur ? Forcément, elle voit, il n'en existe qu'un aussi élevé dans toute la ville. Pierre habite au dernier étage, le quinzième, en double exposition avec vue sur la mer et sur l'étang et, au-delà, quand l'air est clair, les vignobles, les Cévennes et les Pyrénées. De loin, elle aperçoit un petit attroupement. L'air tiède lui glisse sur les joues, fait voler ses mèches rousses.

Arrivée au coin de l'avenue et du quai, au pied de l'immeuble, par-dessus les curieux, elle voit tournoyer sur le toit d'un camion le faisceau bleu d'un gyrophare. Pied à terre. En poussant sa bicyclette mains sur le guidon, elle s'approche pour distinguer à travers la petite foule deux pompiers s'activer avec un brancard. Le doré d'une couverture de survie étincelante sous le soleil de midi brille sur le trottoir. Peut-être s'en échappe-t-il un peu de sang, elle ne voit pas bien. Un accident de la circulation certainement, un piéton percuté par une voiture. En plus des pompiers, des officiers de police vont et viennent.

C'est à cet instant qu'elle entend.

« Le gars de la rôtisserie au centre commercial, l'ancien champion. Il ne s'est pas raté. »

Pierre ?

Soudain, l'air lui manque.

« Il a sauté. La tête en avant. Du deuxième étage, apparemment. »

Au balcon, alors que déjà sa vue se brouille et ses oreilles bourdonnent, elle remarque sous le store en tissu rouge, rouge sang, deux policiers qui inspectent en haut, en bas, prennent des mesures. Sonja s'affaisse. Elle se dit non ; non, ce n'est pas vrai, pas lui, pas Pierre, c'est une malédiction, elle refuse. Mais elle a bien entendu et son corps cède et devance ses pensées, le doré est devenu flou, le filet de sang un torrent, ses jambes fléchissent, pouls désynchronisé, je flotte, la douleur enfle, « il ne s'est pas raté », une plainte s'élève en elle, la douleur l'asphyxie, elle étouffe, veut s'asseoir pour dormir, dormir longtemps, là, n'importe où, disparaître, s'abstraire, laisser passer, la tête en avant ? C'est un cauchemar, un de plus, elle va se réveiller, hein, je vais me réveiller, puis elle s'écroule, le vélo heurte le sol dans un fracas métallique et la sonnette tinte ; Sonja à terre, encore, comme si à chaque nouveau choc, il lui fallait descendre chercher l'énergie du sol pour espérer s'en relever.

Mais il n'y a plus de Pierre pour l'aider.

Pierre...

Un couple s'est retourné. Le goudron est chaud, sous elle.

– Madame, ça va ?

Pierre a sauté. Le con.

Un dernier saut, un saut à l'envers, du deuxième étage – deux étages, salaud, tu les as eus, tes six mètres.

– Madame !

La femme est accroupie. Le type force le passage coudes en avant pour fendre l'attroupement et hèle un pompier.

Il est mort ?

Parle, Sonja. Avec ta bouche. Articule.

– Il est mort ?

– Qui il ? Vous êtes toute blanche.

– Pierre.

– Qui est Pierre ?
– Le sauteur.
– Le monsieur, là ? (La femme pointe son doigt dans la direction du corps) Vous le connaissiez ?
Pourquoi parle-t-elle au passé ? Sonja fait oui, de la tête.
– Oh ma pauvre.
Alors la femme la prend dans ses bras mais Sonja s'agite, ses membres bougent, ses jambes remuent, frénétiques et indépendantes, elle se met à geindre, elle râle, elle s'entend et s'en moque, tout le monde la regarde maintenant et elle, elle gémit, je veux le voir, dit-elle, le voir debout et souriant devant moi, Pierre était beau, dites-moi que ce n'est pas vrai, que ce n'est pas Pierre allongé, inerte, sous la couverture, elle distingue la bosse de son nez, si c'est son nez, ses yeux ne sont pas loin, ses yeux bleus, Pierre, fait-elle, Pierre, jurez-moi que c'est lui, jurez-le, un pompier approche, vous êtes sa fille ? Sa fille, elle le dévisage mauvaise, pas sa fille non, sa maîtresse, son amante, son amoureuse, celle avec qui il faisait des projets – des projets, ses larmes redoublent – le mort là-bas, réussit-elle à demander, c'est bien l'ancien champion de saut à la perche ? Le type opine, Sonja râle plus fort, puis son cerveau se déconnecte, que la douleur cesse, elle s'évanouit. Elle est arrivée trop tard.

Elle recouvre ses esprits, toujours allongée sur le trottoir, quand le jeune pompier prend sa tension et l'interroge. Elle sait, oui, comment elle s'appelle et elle sait aussi quel jour on est, la douleur vient de lui exploser au visage, on est le jour fatidique de la mort de Pierre, l'immeuble et son store couleur sang sont toujours là, comme les badauds, le soleil et le corps, sous la couverture de survie ; et la bosse du nez. Personne ne semble vraiment réaliser : Pierre est MORT, vous comprenez, mort ? Décédé, disparu, crevé, refroidi, comme ses camarades en opération, comme l'enfant sur la piste et les autres sur le marché, comme tous les kamikazes, comme tous les innocents.

Il était là et ne le sera plus. Par terre, inanimé, la bouche ouverte, le crâne enfoncé, forcément enfoncé, de six mètres, sur le macadam, ça fait haut et dur – pourquoi une telle violence, Pierre ?

Elle tremble, elle a froid. Le soleil brûle.

Elle chancèle, y compris dans sa tête. Le pompier la relève, il la dirige vers un véhicule, on va vous placer en observation, c'est plus prudent. Elle se laisse manipuler. Pierre l'aspirait, elle reste à quai. Alors elle murmure, pour expliquer sa faiblesse, c'est à cause de lui, vous savez, à cause de nous, c'est venu sans prévenir mais j'y croyais, pourquoi n'y aurais-je pas cru ? Puis, pour la troisième fois de ce samedi d'été, parce qu'elle vient de ressentir, comme une piqûre du passé, une de plus, une bouffée de l'espoir qui la portait sur son vélo, elle perd connaissance – cet espoir est mort avec Pierre.

Elle se réveille bringuebalée dans une ambulance. Un visage dépassant d'une blouse blanche lui sourit, la main bienveillante sur son poignet, mais elle revoit la couverture de survie et le filet de sang, à chaque réveil, la douleur est plus violente, et elle hurle instantanément – sans pourtant faire le moindre bruit. Le cri est dans sa tête, avec la rage, le vide, l'absence, avec la peine, il accompagne les images qui affluent, les images des dégâts sur le corps de Pierre, défiguré, tordu, défoncé, elle a tant vu d'atrocités que son cerveau, insupportable comme toujours, pioche, autonome et envahisseur, alors elle supplie, stop, stop, mais le ballet des horreurs continue et elle s'insulte, se débat, fous-moi la paix, saloperie, cesse ces tortures, et tant que les visions persistent, elle recommence et répète, connasse, connasse, tandis que l'infirmier lui sourit pour l'apaiser, au moins une fois dans ta vie garde-toi les belles images, ses yeux rieurs, elle ferme les siens pour revoir enfin le sourire enfantin de Pierre, les mains, ses mains si puissantes et douces, entendre sa voix, la passion avec laquelle il avait parlé de la perche, la passion avec laquelle il l'avait peinte – tout ce chemin pour recevoir une telle baffe, Sonja, le destin s'acharne, tu as trop rêvé et trop fort, tu le savais, mais quelle injustice. La souffrance gagne.

À Kaboul, chaque camarade qui partait, c'était un bout d'elle qui fanait, une extinction à petit feu, décès après décès. Deux jours avant, la veille parfois, avec le ou les futurs disparus, elle avait partagé une bière, une partie de fléchettes dans le huis clos de la base aérienne. Elle connaissait le rire, la voix et le regard de chaque cadavre, la toilette mortuaire était un calvaire. Pour les morts d'Uzbin, tombés sous ses yeux ou retrouvés, empoussiérés, les yeux parfois bouffés par les charognards, ce fut pire encore. Pierre, à qui elle s'est donnée, c'est ce même traumatisme multiplié par cent.

Il va falloir tirer un trait, Sonja. Un de plus.

Elle se rappelle son corps en elle et croit avoir baisé avec un mort.

Elle prétendait le connaître...

Putain, Pierre, pourquoi as-tu sauté ?

À la descente de l'ambulance, trop chahutée, Sonja vomit. Elle recommence lorsque l'interne arrive, toujours alitée sur un brancard, au cas où, pour d'éventuels examens. Gênée, elle dit c'est le traumatisme, elle se ment, le sait, le corps a une mémoire, mais elle préfère ne pas se l'avouer, pas encore. Pour le moment, il y a Pierre. Pierre et la douleur. Pierre et la mort. Pierre parti et le futur à redessiner. L'amour perdu. Et Sonja en pleurs.

Quand l'interne revient, deux heures plus tard, avec les résultats des analyses sanguines pour lui annoncer qu'elle va pouvoir quitter l'hôpital, deux heures qu'elle a passées à tenter de se souvenir de son Pierre, les photos des coupures de presse en mémoire, à le revoir en l'air, jeune, enthousiaste, vainqueur, à l'imaginer dans sa seconde en suspension, comblé et forcément beau, deux heures passées, en réalité, à chasser son regard inquiet et l'image odieuse, qui revient incessamment, de lui se défenestrant la tête la première, putain, Pierre, la tête la première, le médecin ajoute madame, vous ne le savez certainement pas encore mais vous êtes enceinte – c'est la journée des stupéfactions.

Dans le boulevard Camille-Blanc, l'artère la plus impersonnelle de Sète, cette D2 qui contourne le mont Saint-Clair côté étang et rallie Agde, au sud, par le cordon de sable, Sonja descend à pied en poussant le vélo transporté avec elle dans l'ambulance. Elle marche comme un automate, vers – vers quoi ? Elle n'y croit toujours pas. La mort frappe, la vie frappe, le même jour, les deux se superposent, un double K.-O., irréel, et la nausée la reprend. Elle vomit sur un tronc d'arbre, puis se

redresse, je suis enceinte. Il a suffi d'une fois. Je suis enceinte d'un mort – et de qui d'autre ?
Un mort. Les sanglots montent.
Le crâne s'ouvre. Le radio s'en mêle, son visage fuyant et tordu, emporté par la balle et Pierre ne sourit plus, tête ouverte et rouge et blanche et liquide et vide. Sonja se tient à la bicyclette. Elle a beau penser un mort pour ne pas dire Pierre, ça ne fonctionne pas, il est là, Pierre, au ciel, au sol, en l'air, en elle, mort et pourtant trop vivant. Il y a quelques heures encore, il était son homme dans ce bel avenir qu'elle leur promettait mais voilà, même à Sète, le malheur ne lui accorde aucun répit.
Alors elle pleure et marche. Pleure. Marche. Unique piétonne sous le ciel qui s'est transformé en tapis de cendres, gris, gris clair, gris foncé, bleuté, ce ciel plissé qui veut l'étouffer, elle pleure à chaudes larmes, c'est les hormones, saoulée par le flot ininterrompu des voitures qui reviennent des plages. Elle perçoit, croit-elle, des effluves de monoï, le parfum doré des draps de bain séchés par le soleil, la joie des vacances, des chants peut-être, ils sont loin, ces salauds heureux, de la peine qui la ravage, fauchée en plein élan – Pierre, Pierre, Pierre.
Plus bas, le boulevard Camille-Blanc est devenu le boulevard de Verdun et rien ne change. Les voitures soulèvent toujours autant de poussière qui se dépose sur les façades, les toitures, les rebords de fenêtres, sur les balustrades et les balcons, sur les feuilles des platanes et sur les haies, tout est d'une pâle couleur sable, on se croirait en Afghanistan battu par le vent, même la chevelure rousse de Sonja a blanchi. En silence, elle poursuit son retour, prend des grains dans les yeux, à Uzbin, à Tagab, à Kaboul, elle en bouffait et puis finalement l'Afghanistan s'éloigne, alors, vois-tu, chaque pas que tu fais, hier comme aujourd'hui, chaque pas est une preuve que le présent file, le passé est irréversible et il faut vivre avec, Sonja,

regarder devant, alors essaie, même s'il est encore tôt, tu as toujours Thibaut, Abbes, Sabine.
 Oui, il est tôt.
 Pierre est parti.
 Et Sonja erre.
 Entre Kaboul et Sète.
 Entre son passé et le présent et toute cette cruauté qui la poursuit.
 Elle devait appeler Vincent, quelle heure peut-il être ?
 Son portable éteint dort depuis dix mois au fond du van.
 Elle espère trouver une cabine téléphonique, connaît le numéro par cœur, retient toujours les numéros, tous les numéros, les chiffres, les matricules, les dates, celles des naissances et celles des morts, aujourd'hui, le 10 juillet 2010, samedi de malheur et de peine et de torture et de – il faut qu'elle se calme parce qu'à nouveau les sanglots montent et avec eux réapparaissent la couverture de survie, le filet de sang, le... STOP. Mais elle n'a sur elle aucun médicament pour se stabiliser. Il faut arrêter les drogues de toute façon, c'est mauvais pour – pour l'embryon. Elle avait oublié.
 Embryon. Elle glousse. Elle soupire. C'est moche embryon. Mais elle ne parvient pas à formuler autrement ce départ de vie dans son ventre. Bébé, enfant, c'est trop, trop tôt, pas tout à fait tangible, spécialement aujourd'hui, même s'il était écrit sur la feuille des résultats « compatibles avec une grossesse d'une semaine environ ».
 Une pharmacie.
 Elle entre et achète un test de grossesse, puis s'avance dans l'impasse qui longe le magasin, perpendiculaire au boulevard ; impasse Olympique, c'est écrit sur le panneau, foutue coïncidence, il n'y a pas de hasard, elle réprime un haut-le-cœur. Puis elle zieute à droite, à gauche, s'accroupit entre deux voitures, au diable les riverains, elle baisse son pantalon, urine

sur le tube en plastique, se rhabille et attend que le trait apparaisse ou n'apparaisse pas, ça va être long, c'est trop long, quelques gouttes de pluie tombent, grosses, toujours pas de signe sur le tube, et forment de larges auréoles sur le bitume poussiéreux.

Les minutes ont passé, le tube parle. Positif.

Et merde.

Tu vivais pour ça, Sonja. Tu as tout envoyé promener parce que tu n'y arrivais plus, vous n'y arriviez plus, ton existence n'avait plus aucun sens et voilà qu'en plein désordre tu es redevenue féconde. C'est un signe – mais un signe de quoi ? Peut-être ton chemin de croix se terminera-t-il avec cet enfant ?

Elle a osé prononcer le mot avec l'horizon qu'il présuppose – un deuxième enfant. Qui aura les yeux de Pierre. Elle passe ses mains sur son visage, se tapote les joues, réveille-toi, allez. Elle revit le contact avec Thibaut, ce matin, si doux, chaud, bon, prometteur, et ses certitudes reviennent. Ses espérances. Je suis chien errant et j'ai le droit d'être mère. Et de le redevenir. Et de ne me sentir coupable de rien. Avec mes plaies, mes bosses, mes chagrins, mes souffrances et la fierté, peut-être, d'y avoir survécu.

Peut-être.

Si je décide de le garder.

Elle retourne dans la pharmacie, demande à utiliser le téléphone.

Vincent ne décroche pas.

Elle ne résiste pas, compose le numéro de Pierre, ça sonne, merde. Le répondeur finit par se déclencher, elle entend sa voix, se décompose, à quoi tu te raccroches ma fille, un spectre. Une ombre.

Pierre se serait-il contrôlé s'il avait su ?

Avec lui tu t'es déjà rouverte au futur...

Mais il n'est plus là. Et Abbes ne le sait pas.

Elle rappelle Vincent, la pharmacienne s'agace, le pharmacien sourit, les yeux baladeurs, elle se cambre, il bave, connard, Vincent décroche.
– Je veux revoir Thibaut. Vite. S'il te plaît.
– *On va d'abord en parler.*
Elle a compris, il va la faire payer.

32

Un autre Vincent lui fait face, un Vincent qu'elle découvre. Décharné certes, mais l'air souffreteux a disparu, il bouillonne, rougi par la fureur, le regard fanatique. Il a décidé de jouer sur les symboles pour décupler sa culpabilité – vois ce que je suis devenu, à cause de toi, regarde, je fais pitié, je te fais pitié, n'est-ce pas ? Il porte son polo Ralph Lauren violet et blanc, le dernier cadeau pour lequel elle s'est saignée quand elle cherchait encore à maintenir l'édifice. Il flotte dedans. Il gesticule pour montrer l'alliance brillante, qui bringuebale à son doigt amaigri, lui la porte toujours. Et il a donné rendez-vous sur le Môle Saint-Louis, l'une des jetées du port de Sète, là où précisément, huit ans auparavant, devant la plaque commémorative du départ de l'*Exodus 1947*, ils se disaient nous devrions vivre ensemble. Il tente de se dominer mais toute sa bonhomie s'est consumée pour alimenter sa colère. Il est un abcès qui suppure, Thibaut est sous le choc, qu'est-ce que tu t'imagines ? Ce matin, après t'avoir quittée, il a demandé si tu étais bien sa maman, la vraie. Et toute la journée, il a posé la question. Elle va revenir cette fois ou elle est encore partie ? Comment savoir si tu es guérie et fiable, Sonja ? Tu l'as abandonné, il avait trois ans. Et tu m'as abandonné. Comment comptes-tu réparer tout ce mal que tu nous as fait ?

Sonja encaisse, les yeux sur les dalles polies, appuyée contre le remblai, dos à la Méditerranée dont les vagues explosent sur les brise-lames. Le ciel s'est encore alourdi. Derrière Vincent, elle distingue les derniers étages de l'immeuble de Pierre, là-bas. Elle morfle, aujourd'hui. Elle morfle.

– J'ai pris des décisions égoïstes, admet-elle. Mais c'était un moindre mal. Si je n'étais pas partie, ça aurait été pire.
– Pire ? Je rêve, ricane Vincent. Et d'abord, de quel départ parles-tu ? L'Afghanistan ou la fuite, après ton retour ? Hein ? Quel abandon ?

Il pose trop de questions. Trop d'un coup et trop maintenant. Après des mois de cavale, elle commence à peine à trouver ses réponses et lui en exige ? Elle veut du réconfort, Sonja, pas un interrogatoire. Elle veut son fils. Elle voulait Pierre et Vincent l'agresse, les bras au ciel, qui réclame des comptes.

– Pire... répète-t-il incrédule, tu dois te foutre de moi. Sonja, il a fallu assumer ta fugue. À la maison et en dehors, au quotidien avec Thibaut, Thibaut qui pleure, Thibaut qui te demande et qui questionne, en famille, au boulot, dans la rue, chez les commerçants, les regards lourds et les chuchotements, les sous-entendus, les questions, le malaise permanent. Le deuil mais pas vraiment. (Son débit s'accélère, le ton monte.) L'espoir qui empêche de dormir et de manger, qui se mélange au chagrin, à la peur de ce qui a pu t'arriver. Et tout qui pourrit. Mais on ne sait pas, Sonja, on ne sait pas où tu es, on ne sait pas ce que tu fais, on ne sait plus pourquoi tu fais tout ça, à qui tu en veux, et pourquoi à nous, ta famille, on ne sait pas si tu es morte ou à l'autre bout de la planète, on ne sait rien – tu veux que je te raconte les regards de ton fils chaque matin, chaque soir, quand, après plusieurs semaines, après des mois, je n'avais toujours pas trouvé mieux que maman va revenir, je le promets, elle est juste un peu malade mais elle nous aime trop pour nous oublier ?

Elle ne répond pas, laminée par la vision de son Thibaut larmoyant qui la touche désormais ; qu'y aurait-il à répondre de toute manière ? C'est irréparable dans l'instant, aucun mot, aucune excuse ne peut désamorcer l'aigreur de Vincent, légitime, qui soupire et lâche, avec un air de dégoût, mais

regarde-toi, Sonja, regarde-toi, SDF dans ton camion cabossé, à moitié gouine, ouvrière ou je ne sais quoi, entourée de cas sociaux...
– En le voyant régulièrement, l'interrompt-elle, ignorant la rafale. En passant du temps avec lui, je pourrais peut-être reconstruire quelque chose.
Elle a dit lui et pas vous. Ça le crucifie.
– Donc tu ne comptes pas revenir à la maison, réagit-il. Tu ne veux pas qu'on se retrouve tous les trois, comme avant ?
– Je veux vivre ici, Vincent. J'aurais dû toujours vivre ici.
– Ici... souffle-t-il, en se passant une main sur le visage.
Il répète, ici, ici, avec tout ce que ce mot signifie, de nouvel abandon et de souffrances à venir. Son regard s'envenime.
– Sonja, reprend-il, si tu ne veux plus de... (il déglutit). Si tu ne veux plus de moi, comment comptes-tu revoir ton fils ? Je n'ai aucune intention de déménager. Et Thibaut vit avec moi.
– On trouvera, Vincent. Pour son bien, tu m'aideras, non ?
Il ricane de nouveau.
– Tu as envie d'être aidée, maintenant. Et tu te soucies du bien de ton fils. Décidément, c'est la métamorphose...
Ce ricanement cache mal sa rancœur. Il a donné sa vie pour elle et elle, elle le piétine.
– Ce que tu as changé, assène-t-il. Tu étais douce, diplomate. On dirait que tu prends plaisir à m'humilier.
Elle veut se défendre, mais il la coupe.
– On va s'en remettre au juge des affaires familiales, O.K. ? Je pense que ce sera mieux pour Thibaut et pour tout le monde. Et ne compte pas sur tes parents pour te soutenir.
Voilà.
C'est la guerre. Elle s'y attendait, elle l'a.
Lentement alors, elle étudie la pâle copie, repoussante, du type qu'elle a aimé et dont les yeux ne quittent plus sa poitrine. Il a retrouvé son regard du matin, obscène, sale, salissant.

L'énervement monte. Les larmes, on est tombé si bas. Pierre est mort tout à l'heure, salopard, à quelques centaines de mètres d'ici, Pierre, tu comprends ? Pierre, mon Pierre, l'homme dont je porte – oui, dont je porte l'enfant qui sera le demi-frère ou la demi-sœur de Thibaut, et toi, fumier, tu ne respectes rien, en réalité la seule chose qui t'intéresse, c'est mon cul. Et elle explose :

– Qu'est-ce qu'il te faut, Vincent ? (Toute une famille de touristes allemands tressaille, le petit dernier en a fait tomber sa glace.) Tu veux me sauter, c'est ça ? Il n'y a plus rien entre nous, depuis longtemps, tu le sais mais c'est ce que tu veux ? Me baiser comme une vulgaire pétasse, comme une pute, comme une poupée gonflable ? Ce serait quoi ? Ta vengeance ? Ton dû d'homme marié ? Ta virilité ou ton honneur de mâle bafoués retrouvés ?

Tous les passants qui vont et viennent sur le Môle avant leur dîner se sont arrêtés. Ils semblent pointer Vincent du doigt, Vincent éberlué, qui ne s'attendait pas à pareille riposte. Et Sonja continue :

– Je me suis défendue comme j'ai pu, Vincent, et même si tu ne peux pas l'entendre, c'est la vérité. L'Afghanistan ? C'était une connerie. La pire connerie. Une mauvaise réponse à notre vie qui partait en lambeaux, mais je n'en ai pas trouvé d'autre à l'époque. Ne t'en fais pas, je la paye tous les jours et, crois-moi, tu n'y survivrais pas. Là-bas, je vous ai caché des choses et j'ai été idiote. Uzbin... (des larmes se forment dans ses yeux, les tirs, les cris, le feu, tout brûle). Pour Uzbin, poursuit-elle, j'avais besoin de terrain, de concret, j'étais enfermée dans une base et dans l'hosto depuis des semaines, je soignais les victimes d'une guerre que je ne voyais pas, il fallait que je comprenne ce que je faisais là-bas, que je voie de mes yeux, que je participe. Ça a été le mauvais hasard. Juste le mauvais hasard, comme pour tous les autres (les larmes coulent). Mais moi, j'en suis revenue. Si je t'en avais parlé avant, tu aurais cherché à me dissuader de partir en mission, mais je ne t'aurais pas écouté de toute façon, alors mieux valait ne pas vous inquiéter. Après ça, j'ai continué le terrain, j'espérais dépasser mon trauma. J'ai foutu ma vie en l'air (en l'air, elle frissonne, pense à Pierre, la tristesse s'ajoute à la tristesse). J'ai bousillé une partie de ta vie et une partie de celle de Thibaut. Je suis à moitié folle.

Elle fait une pause. Elle le dévisage. Il la dévisage. On dirait que la colère s'estompe. Pas la souffrance.

– J'ai fui, reprend-elle, parce que... J'ai fui parce que j'allais vous détruire autant que je me détruisais et j'avais encore assez d'amour pour vouloir vous épargner ça. Tu comprends ? Vous ne pouviez pas m'aider, Vincent, tu le voyais bien. Mais je n'ai jamais fait abstraction du malheur que je vous causais. Jamais. J'ai vécu avec, chaque jour. Comme une dette à rembourser. Puis tu m'as recherchée. Pour Thibaut, pour moi peut-être aussi, pour toi, par inquiétude, par... (elle élude le mot amour), peu importe, et je t'en remercie. Grâce à toi, j'ai retrouvé mon fils. Tu m'entends, Vincent ? Je t'en remercie. Mais toi et moi, on ne peut pas se retrouver. C'est impossible, tu le sais aussi bien que moi, on s'était trop perdus avant. Maintenant, conclut-elle, on n'a pas des centaines d'options. Soit on coopère, soit on se fait la guerre comme on est en train d'en prendre le chemin. Mais moi, la guerre, j'ai suffisamment donné et notre enfant mérite mieux que ça. Thibaut n'est pas un trophée qu'on peut se disputer. Comme je te l'ai dit ce matin, on peut collaborer. Malgré tout ce qu'on vient de se dire, j'ai confiance en nous.

Une vague se fracasse sur les rochers.

De sa corne de brume, le ferry sonne le départ.

Vincent éteint. Silencieux, dégonflé, redevenu inoffensif – sa double posture de victime et de famille de victime ne tient plus. Ils sont groggy tous les deux, face à face dans les alizés. Ils

n'ont plus rien en commun, à part un passé, fini, et, c'est irrémédiable, leur fils.
— Tu es vraiment guérie ? finit-il par demander.
— Tu m'as vue ce matin avec Thibaut. Tu as la réponse.
Il acquiesce, pensif. Fouille dans sa sacoche en la jaugeant, un regard scrutateur dans lequel elle croit déceler, outre les larmes naissantes, une once de bienveillance, elle délire peut-être. Il sort ses clés de voiture, commence à s'éloigner, s'arrête, dit, la voix cassée, appelle-moi demain, puis part, sans un sourire ; la fin, c'est jamais drôle.

33

L'immeuble de Pierre, l'immeuble au pied duquel Sonja a vu la couverture, le brancard et le sang, domine tous les autres et toute la ville, il surplombe les canaux et le port et les ponts, la poursuit comme le projecteur d'un mirador ; il lui rappelle, sans lui accorder le moindre répit, l'ampleur de la tragédie – la couverture, le brancard et le sang ; l'absence s'incruste comme un greffon protubérant et malade tandis qu'elle retraverse Sète. La douleur a ressurgi à peine Vincent parti. Et à chaque pas, Sonja pense Pierre et Thibaut lui manque. Où qu'elle aille, elle pense Pierre et Thibaut lui manque. Elle voudrait se réveiller, maintenant, pour mettre fin au cauchemar, elle s'en pince jusqu'au sang. Chien, le malheur résiste. Alors ses pieds marchent et ses yeux pleurent et ses mains tiennent le guidon, le guidon qui la guide, le guidon du vélo de Pierre, elle est indifférente aux odeurs, aux couleurs, aux accents, c'est samedi soir de joutes, à Sète, les quais sont bondés de costumes blancs, de ceintures bleue et rouge et de canotiers, les tribunes métalliques vont se remplir, puis bruire et Sonja flotte, à demi-morte, dans les éclats de voix et les fumets de daurade grillée, toujours indisposée par la nausée. Elle pourrait vomir, là, sur les nappes en papier, sur les genoux des convives pour gâcher leur liesse. Pierre avait des mains de poète, douces, créatrices et puissantes, il ne s'en servira plus. Un esprit frondeur, idéaliste, un sourire enjôleur et des yeux de garnement. Écrasés sur le bitume. Il voit le bitume pour l'éternité. De sa vie, elle a disparu avec lui, leur futur guillotiné, clac, et relève-t'en maintenant, la mort, dirait-on, n'est jamais lasse.

Elle voulait sauver Abbes. Elle a perdu Pierre.
Elle a sauvé Abbes.

Elle a retrouvé Thibaut ; enfin, presque, il y a tant à réparer. Et elle porte en elle un enfant.
En elle.
Un enfant.
Elle s'arrête, la main sur le ventre.
Un cœur bat là-dedans, un autre que le sien. Elle s'en souvient, les yeux ahuris, ses trompes, ses ovaires, ses entrailles n'avaient pas pourri. Devant la vitrine d'une ancienne librairie, elle s'étudie de profil. Son ventre est plat. Il s'arrondira, elle l'imagine, y parvient, la vie s'imposera petit Pierre. Mais elle revient à elle et se cherche dans son visage. Elle voit ses rides, à moins que ce ne soient les traînées de poussière sablonneuse sur la vitre, sa peau est fripée, elle est vieille, vieillie avec ses cheveux gris, elle pourrait dormir une semaine entière, elle prend peur, se demande comment elle va pouvoir donner la vie quand il lui en manque tant. Puis elle pédale.

Elle fuit – encore. Il faut mettre le drame à distance, c'est l'unique façon de résister, se donner l'illusion qu'en s'en écartant on en amenuise la portée ; peut-être même, qui sait, peut-être ne s'est-il jamais produit, ou c'était un autre, pas lui, lui est parti loin, certes sans prévenir, le saligaud, mais jamais il n'aurait eu l'idée de se massacrer de la sorte sur un trottoir quand on peut mourir, luxe de nos pays, de sa belle mort. Hein Pierre ? Pourquoi cette violence contre toi-même, toi qui étais si doux ? Combien auraient-ils donné, ses camarades tombés sous la mitraille, pour mourir sur un lit, même dans la rue renversés par une voiture, ils se seraient damnés pour troquer leur mort par balle contre un simple endormissement. Toi qui t'étais tant battu, pourquoi as-tu capitulé ?

Elle pédale, rouée de questions. Devant elle, l'étang est d'un bleu-gris pastel tirant sur le bleu pétrole, sombre et lourd, collant comme un foie courbaturé en pleine gueule de bois. Au loin, les parcs à huîtres sont autant de poissons morts, retournés le ventre à l'air. Plus rien ne brille. Vers quoi pédales-tu, Sonja ? Les autres, peut-être, l'avenir, je n'ai pas le choix.

Lorsqu'elle franchit la voie ferrée, essoufflée par la courte montée, elle ose et s'adresse aux snipers embusqués. Allez-y, leur dit-elle, je suis à découvert alors tirez, elle ne tremble plus, tirez autant que vous voulez puisque vous n'existez pas et dans la descente ses cheveux s'envolent.

Elle pédale.
Elle pédale fort.
Elle pédale aussi fort qu'elle pleure.

À l'atelier, elle tombe dans les bras d'Abbes, qui l'attendait sur le pas de porte, lui d'ordinaire si calme, il trépignait. Il la serre comme sa fille, malgré son bandage, vas-y murmure-t-il, lâche, lâche tout, et lui aussi s'effondre, le transistor lui a appris la catastrophe. Ils s'étreignent, se serrent, s'étreignent, sans plus un mot – mais dans leur tête, ça crie, salaud de Pierre, qui nous abandonne, ne plus partir d'accord, mais pas ça, Pierre, pas cette fin si brutale, c'est trop inconcevable, ses billes bleues vivaient tellement, il était doué pour la vie, Pierre, la vie dont rêvent les anges. Et le voilà parti. Les images, les souvenirs se mélangent. Le Pierre enfant qui suivait Abbes à la chasse aux écureuils dans l'immense pinède du camp militaire, le Pierre victorieux, en photo, et son sourire farceur, sur le podium, le Pierre peintre, absorbé, muet dans ses vertiges, le Pierre pote de clope et de café, le Pierre sans jugement, le Pierre à l'écoute, le Pierre passionné, le Pierre amant maladroit mais si vrai, le Pierre torturé, le Pierre inquiet, le Pierre père de famille qu'il a forcément été, le Pierre volant, le Pierre heureux, le Pierre triste. Et le Pierre mort.

Ils ne le savent ni l'un ni l'autre et ne le sauront jamais, Pierre a laissé, voletant dans un courant d'air, au quinzième étage, sur la table basse tenu par un galet, un papier avec ces quelques mots, « C'est moi, rien que moi, des espoirs intenables et des vides béants, je vous dis à bientôt. » ; Pierre qui a trompé la vigilance d'une voisine pour se jeter de la bonne hauteur.

Sonja recule.

– Abbes, il y a quelque chose que j'aurais dû savoir ?

– Non, souffle-t-il. Il était malade, c'est tout, psychologiquement, mais tu avais dû le comprendre.

Elle acquiesce ; plus malade qu'elle. Ou plus avancé...

Abbes décrypte son regard.

– Sonja, reprend-il, tu es jeune, tu as un enfant, tu...

– Je vais en avoir un deuxième, le coupe-t-elle.

Il la regarde, médusé.

– De lui, précise-t-elle.

Abbes se prend la tête à deux mains. Il veut rire, il pleure, Pierre est là pour toujours, pense-t-il et il ne veut plus la quitter. Sonja, elle, ne sait plus – si elle doit rire, se lamenter, hurler, tirer, piquer, espérer, avoir peur.

Le jour décline.

L'étang s'assombrit, leur situation n'a pas changé.

Il faut bouger, finit par dire Abbes. Quitter cette planque. La famille de Pierre va rappliquer.

Mais Sonja pénètre dans l'atelier. De la pénombre, elle sort un tableau. Elle est là, blanche et rousse, nue sur le canapé, charnue, sensuelle sans être provocante, c'est ainsi que Pierre la percevait. Elle était belle dans ses yeux, belle et pure, cette peinture est une caresse, rien à voir avec les autres toiles, tourmentées, enchevêtrées, étincelantes. Abbes la tire de sa mélancolie.

– On y va, Sonja.

– Où ?

– Chez Sabine. On va profiter du crépuscule.

Elle le suit et abandonne là la seule preuve matérielle de son passage dans la vie de Pierre.

Le sac est prêt. Le vélo harnaché comme un mulet, l'atelier nettoyé, refermé. Il est temps. Sonja visualise le trajet jusqu'à Mèze, la douzaine de kilomètres. Il y a ce passage, qui précède l'arrivée sur Bouzigues, dans le creux au milieu des marais où, souvent, se reposent les flamants roses. Il y a le vent chaud et les premières chauves-souris qui chassent, pas d'étoiles ce soir, pas de tonnerre non plus, ni de pétards, il y a les flonflons lointains du front de mer de Balaruc, les cris de goélands pas encore couchés. Avant, il y a le défilé. Avant le supermarché, derrière l'ancienne gare, à quelques minutes d'ici, la voie de chemin de fer désaffectée, là où Sonja a découvert Abbes, l'autre matin, blessé dans son fourré – ça fait une éternité, en réalité moins d'une semaine. Elle hésite. C'est un canyon, ils seront vulnérables.

– On est parti ? demande Abbes.

Elle se force, qui peut savoir qu'ils vont emprunter ce chemin.

Les voilà lancés, Abbes lui sourit.

Il dit tu t'en sors bien, petite, l'œil brillant dans le soir qui tombe, Sabine va nous aider, on peut lui faire confiance, on va tous s'entraider. Il ne s'arrête plus de parler. L'émotion, peut-être, ou le besoin vital d'espérance qu'a brutalement réveillé le suicide de Pierre, mais il parle et parle, sans discontinuer, il parle et s'emporte, rêve, on va rendre une partie du pognon, avec l'autre on monnayera notre silence, on sera enfin tranquille, Sonja, tu verras, et on formera une famille, on accueillera ton fils, on accueillera le suivant, ou la suivante, il y aura l'étang, le voilier, peut-être pas de paillotte ni de cocotiers mais on sera bien, là, enracinés, Sète, Thau, Balaruc, c'est chez nous. Et les enfants, poursuit-il, les enfants ça fait peur, forcément ça fait peur, mais ce sera magique. Tu es jeune, toi Sonja, tu crois encore que tu ne vieilliras pas et puis un jour l'âge te tombe dessus et, sans môme, c'est invivable.

Abbes et ses projections.
Sonja, elle, pousse le vélo, à l'écoute de ses sensations.
Le défilé se profile, elle ne panique pas.

Elle est épuisée, fragmentée, un assemblage hirsute de sentiments contradictoires, il est tard, trop tard dans cette journée qui n'en finit pas. Mais elle ne panique pas et les voilà engagés dans le défilé.

Elle continue d'avancer.
Se relâche.
Avance.

Elle hallucine ? Non, elle est elle, là, et bien là, sans angoisse – des souvenirs, oui, bien sûr, mais pas de peur. Pas pour l'instant.

La guerre n'a pas réussi à te tuer, pense-t-elle. Cette saloperie ne t'a pas tuée.

Elle soupire.
La main sur son ventre.
Est-ce que ça va durer ?

NOTE DE L'AUTEUR

La Fille du van a été publié une première fois en août 2017 chez Serge Safran Éditeur. Ce roman a connu une chouette vie dans cette peau-là. Il m'a permis de faire de nombreuses rencontres. Parmi les plus mémorables, j'aimerais citer les libraires Valérie et Catherine à L'arbre à mots à Rochefort sur mer, Max à Vaux Livres en Seine-et-Marne et Marie-Odile chez Agora à La Roche-sur-Yon, Annick et toute l'équipe du prix du premier roman « Un livre, une commune » à Cesson et le Festival du premier roman à Chambéry, les gens, le lieu, les autres invités, qui reste ma plus belle expérience en salon.

L'élan, par la suite, s'est essoufflé. Avec cette nouvelle édition, l'existence de ce texte se prolonge, ce qui me ravit tant je reste touché, des années après, par ce que j'ai pu produire et qui, je l'espère, continuera de toucher des lecteurs à leur tour.

Cette édition est l'occasion de donner des précisions quant à l'un des personnages de cette fiction. Pierre est librement inspiré de Pierre Quinon, qui fut le premier champion olympique français de saut à la perche le 8 août 1984 à Los Angeles, « disparu, écrivais-je en fin de la première édition, parce qu'il l'avait décidé, le 18 août 2011 ». J'ajoutais : « J'aurais beaucoup aimé le connaître. » Je ne l'avais jamais rencontré. Pourtant, et sans savoir pourquoi, j'étais touché par cet homme, son parcours, sa fragilité, son authenticité, tout ce que je ressentais en compulsant les articles de presse dans lesquels, depuis son titre et pendant près de dix ans, il s'était exprimé. Sa mort m'a bouleversé. J'ai donc écrit ce texte avec l'intention de lui offrir une forme d'hommage. Ainsi, pour écrire le plus authentique possible, toutes les citations d'articles de presse exposées dans ce livre sont tirées de vrais articles, les faits sportifs sont fidèles, ainsi qu'un certain nombre d'épisodes. Pour le reste, j'ai suivi mes ressentis. Je n'avais contacté aucun proche. Après publication, j'ai fini par écrire à sa famille, ses fils et leur mère, pour m'excuser d'avoir pris, persuadé par le bienfondé de ma démarche, l'initiative d'écrire sur un mari, un père, qu'ils avaient forcément bien mieux connu que moi et que je faisais revivre là, à ma manière et sans les avoir avertis. J'ai pu ensuite discuter avec Caroline Quinon, sa femme, qui m'a beaucoup parlé de lui. Ses paroles m'ont conforté dans ce que j'avais écrit. Hors les aspects inventés, mes ressentis avaient été fidèles, semble-t-il, à l'homme que Pierre Quinon a été.

REMERCIEMENTS

L'auteur tient à remercier Mathilde Rivalin, Thierry et Isabelle Crouzet, Anne Blanès, Thierry Dengerma, Elisabeth Samama, Lilas Seewald et Serge Safran.